이현원 수필집

그림자에 새긴 무늬

도서출판 지식나무

작가의 말

수필을 쓴 지 10여 년이 넘으니
어렴풋이 작가의 길이 보이는 듯합니다.
그래도 글 쓰는 일은 어렵기만 합니다.
재주가 없어 남 따라가지 못하지만,
세상의 아픔을 포용하며 삽니다.
가해자나 폭력의 반대편에 서고 싶습니다.
외로움을 붓이 지워줄 때 위안을 받곤 합니다.
미국에 체류하면서 코로나와 싸우며 쓴 글도 있고,
이미 발간한 저의 졸시집과 소재가 겹치기도 합니다.

2025년 겨울에

목 차

제5부

1부

그림자 인생

사람을 볼 때는 얼굴을 보는 게 아니라, 그림자를 보아야 합니다. 그늘 속에 감추어진 그 무엇, 고뇌와 굴곡 같은 것이 있는지를. 겉모습으로 드러난 교언영색巧言令色이나 배우의 연기가 아닌, 그 뒤에 감추어진 참모습을 봐야 합니다.

그림자에는 고난의 흔적, 즉 과거 낭떠러지에 매달려 보았거나 나락의 바닥까지 떨어져 본 자국이 숨겨져 있을 수 있습니다. 얼굴은 애써 웃음으로 덧칠하거나 그 반대의 낯 등으로 나타날 수 있으나, 진짜 모습은 그 너머에 있습니다. 그곳에는 보다 성숙한 인간미가 속 깊이 스며 있을지도 모릅니다. 때로는 말투, 걸음걸이, 사소한 행동 하나까지도 그림자에는 다른 무늬가 새겨져 있을 수 있습니다. 우리가 맨눈으로 보는 게 전부가 아닙니다. 그건 대상의 극히 일부분이거나 부정확할 수도 있습니다. 그늘 속에 감추어진 진실을 보는 눈이 중요합니다.

찰리 채플린은 영국의 희극 배우였습니다. 그는 작은 키, 챙 모자에 헐렁한 바지, 큼직한 구두를 신고, 콧수염에 지팡이를 든 캐릭터로 전 세계 만민에게 웃음을 주는 아이콘이었습니다. 그는 1900년대 초반, 무성영화 시대에 천재적인 연기로 세계에 명성을 날렸으며, 말년에는 대영제국으로부터 기사 작위까지 받았습니다.

그는 '인간이 너무 비극적이라 희극 배우가 되었다'라고 말했습니다. 얼마나 역설적이고 가슴을 울리는 말입니까. 곱씹을수록 맛이 우러나는 말입니다.

그는 또 '인생은 멀리서 보면 희극이고 가까이서 보면 비극이다.'라든가, '나는 비 맞으며 걷길 좋아한다. 내가 우는 걸 누구도 볼 수 없으니까.'라는 말도 남겼습니다. 개그맨으로서 말이라고는 믿기지 않습니다. 고된 수행으로 인간을 성찰하지 않으면 쉽게 할 수 없는 말입니다. 마치 해탈한 수도승의 경지에 이른 듯합니다. 그가 보여준 것은 단순한 유머가 아니라, 익살스러운 표정 뒤에 숨겨진 휴머니즘의 참모습이었습니다.

그는 코미디언으로 다른 사람을 웃기는 데 평생을 보냈지만, 내적으로는 심한 정신적인 상처를 겪었습니다. 어떻게 보면 고통을 웃음으로 승화시킨 위인이었습니다. 웃음은 무거운 상황을 가볍게 만들고, 절망을 희망으로 바꿔주는 감정의 균형추 같은 존재입니다. 그가 이러한 간격을 조정해 주는 역할을 기꺼이 맡았습니다. 자기 직업에 긍지를 가지는 이유였기도 합니다.

그의 우스꽝스러운 외모에서는 결코 찾아볼 수 없고, 밋밋하고 거무스레한 그림자에서 비로소 숭고한 인격과 영혼을 읽을 수 있는 것입니다.

현대 사회는 겉으로 보이는 성공이나 행복을 중요시합니다. 사람의 겉모양만 보고 모든 것을 판단하려 합니다. 재물욕, 출세욕, 명예욕에 짓눌려 살고 있습니다. 현대인은 슬픔, 고통과 나약함을 감추고 강한척하며 살아갑니다. 속이야 비었든 곪았든 겉치장에만 신경을 씁니다. 이상적인 인간의 가치나 보람되고 정의로운 삶 등에 대해서는 소홀합니다. 사회는 메마르고 인간성은 무뎌져 가고 있습니다. 그래서 인간은 약하고 불완전한지도 모릅니다.

　사람은 누구나 그림자를 안고 살아갑니다. 얼굴과 겉으로 드러난 모습은 극히 일부분일 수 있습니다. 그림자는 감추려 해도 감출 수 없습니다. 떼려고 해도 떨어지지 않습니다. 추하고 부끄러운 일은 사실 그대로 그곳에 기록되어 남습니다. 그림자는 주인을 속속들이 잘 아는 존재입니다. 진정한 만남이란 얼굴을 마주 보는 일이 아니라, 그 이면의 그늘까지 더듬어 보아야 하는 것입니다. 세상의 흔한 빛은 사람을 환하게 비추지만, 어두운 그림자는 참된 자아를 보게 합니다.

　찰리 채플린의 말을 생각하며 나도 자신에게 반문하고 싶습니다. "너의 그림자에는 어떤 무늬를 새기고 있는가?"

오지 않는 봄 〔 春來不似春 〕

첫눈이 내릴 땐 그리운 사람이 생각난다.

끝눈은 어떤 생각이 날까. 우수 경칩이 지나고 춘분이 가까운 계절인데 함박눈이 펑펑 쏟아진다. 겨울 보내기를 아쉬워하는 마지막 눈인지 모르지만, 두고두고 그리운 사람 생각만 하라는 가보다.

함박눈이 소리 없이 내리는 밤이면 김광균의 시 '설야雪夜'가 생각난다.

'어느 머언 곳의 그리운 소식이기에….'로 시작하는 이 시에 있어 압권은 바로 '머언 곳에 여인의 옷 벗는 소리'이다. 김광균 시인이 이 문장을 처음 지은 것은 아니다. 조선 선조 때도 몇몇 선비들이 모여 '세상에서 가장 아름다운 소리'라는 제목으로 시 짓기 시합을 했다. 그중 이항복의 '깊은 골방 그윽한 밤에 아름다운 여인의 치마 벗는 소리〔洞房良宵 佳人解裙聲〕'를 제일로 뽑았다. 그냥 옷 벗는 소리가 아니라 한복을 입은 여인의 치마가 흘러내리는 소리를 이렇게 표현함이 일품이라 하겠다. 외설적이라고 할 수는 없지만 남정네의 관능을 자극하고 흥을 돋우기에 충분하다. 삼십 년 수도승도 황진이의 이 소리에 무너지지 않았는가. 글에서 해학과 멋이 우러난다.

내리는 눈 속에 밤은 깊어지고 그리움의 나래를 맘껏 펼쳐본다. 숫눈을 베개 삼아 잠을 청할 수가 없다.

밤늦게 창밖으로 내리는 함박눈, 기어이 소파에서 몸을 일으킨다.

어둠에 싸인 바깥은 적막하다. 유리창 밖의 고요에 반해 내 안에는 격정이 꿈틀거린다. 아파트 단지를 밝히는 가로등이 눈의 군무를 바라보며 또한 잠 못 들고 있다. 이럴 때 코트 깃을 세우고 연인과 팔짱 끼고 눈길을 걸으면 얼마나 운치가 있을까. 아니 사랑하는 사람과 같이 차를 몰고 가다 눈 폭탄에 갇혀, 오도 가도 못해도 좋겠다는 어느 시인의 시구가 머리를 스쳐 간다.

도둑눈이 아닌 축복의 눈이다. 아파트 앞의 놀이터와 사잇길도 하얗게 도배한다. 온누리가 백색 천지다. 밝고 어둠의 구분이 없고 높고 낮음의 차별도 없는 세상이 펼쳐지고 있다. 티 없이 순진무구한 세계에서 어둠에 묻혀 보이지 않는 인간들은 고만고만한 모래알일 뿐이다. 책 밖의 대자연에서도 무엇인가 깨닫게 해주는 진리가 숨어 있음을 알게 한다.

지금은 봄일까. 칙칙한 겨울을 벗어난 걸까. 세상사도 인간사도 계절의 시계를 맞추지 못하고 있다. 추운 멍에에서 벗어나려고 나 혼자 봄맞이를 먼저 나왔나 보다. 날이 밝으면 지천에 눈꽃이 만발할 거다. 길거리의 눈사람들은 상춘객이겠지. 이파리 떨군 나무마다 땅속에서 겨우내 물 길어 올리고 군불 지피는 고동 소리도 들릴 것이다. 개나리. 벚나무는 꽃 피우기 연례행사에 몸살이 나고 산고로 열꽃도 돋아나겠지. 그러면 움츠러든 마음이 조금은 진정될까.

아직은 춥다. 스산하다. 손가락 끝에 와닿는 봄이 아니다. 언제나 겨울옷을 벗을 수 있을는지. 산천초목은 꿈적하지 않는데, 나만 봄에 취한 것 같다. 봄이 뭇시선이 부담스러운지 저만치서 머뭇거린다.

다름과 틀림에 대하여

  '다름'과 '틀림'에 대한 글이 요즘 모바일을 달군다. 두 단어가 개념상 서로 다른데도 불구하고 이를 구분해 사용해야 한다고 강조하고 있다. 그 글 내용이 사실 여부를 떠나 내 가슴에 오래 남아 있는 이유는 뭘까. 다름과 틀림을 혼동하거나, 다름이 곧 틀림이라고 생각하는 사람이 주위에 의외로 많기 때문이다.

  특히 우리 사회에서는 개인 간의 의견차이나 이념과 정당이 다르면, 나는 옳은데 상대방이 잘못됐다고 단정하는 경우가 흔하다. 내 생각이 반드시 옳다고 확신하는 경향이 있다. 나와 다른 사람 사이에 견해차가 있을 때 이를 해결하기 위해서 토론으로 풀어가는 것에 익숙하지 않다. 또한 상대방에 대한 존중과 배려가 부족하고 감정 대립이나 고성으로 쉽게 번져간다.

  우리의 토론 문화가 정착이 안 된 이유를 몇 가지 꼽을 수 있다. 유교적 위계 문화, 점잖고 소극적인 태도, 토론 경험 부족 등의 문화적 배경을 든다. 한편, 성질이 급하거나 감정을 앞세우는 국민성도 복합적으로 작용한다고 볼 수 있다. 사회 통합을 위해서는 무엇보다 토론 문화를 개선하여야 한다. 우리 교육이 어려서부터 주입식 교육을 시킨 결과가 토론 문화의 저해 요인이 되지 않았을까. 미국을 비롯한 선진국들이 토론식 교육을 어려서부터 채택하고 있는 것과 대비된다. 북한도 제한적이지만, 토론식 교육을 도입했다고 한다. 꼭 토론 교육이 이유만은 아니겠지만, 남·북한 사람이 일대일로 토론하면 북한 사람을 이기기 어렵다고 한다.

재미있는 일화가 있다. 내가 직장에 근무할 당시 기자 출신 선배가 있었다. 60년대인가 70년대 초에 있던 실화였다. 그 선배는 판문점 출입 기자였다. 그 당시는 유엔 측과 북한 간에 군사정전회의가 자주 열렸었다. 따라서 남북한 기자들이 판문점에서 취재차 종종 만났다. 그들이 여러 얘기를 나누다 보면 체제 자랑 등 신경전을 벌이는 일이 많았다. 남북한 기자가 대화할 때 말로는 북한 기자를 이기기 힘들었다고 했다. 말을 잘하는 북한 기자에게 번번이 뒤처지자, 남한 기자가 꾀를 하나 내었다. 서로 자기네 나라가 자유가 많다고 우기니까 북한 기자에게 '진정 어느 나라가 자유가 있는지 겨루어보자'라고 제의를 했다. 물론 북한 기자가 싫다고 할 이유가 없었다.

그 선배가 북한 기자에게 말했다.

"우리, 자기 대통령에 대해 욕하기 시합하자."

북한 기자가 좋다면서 남한 먼저 시작하라고 했다. 선배가 보여주기 위한 욕을 한바탕 했다.

"박정희 그 새끼 무슨 정치를 그따위로 해."

다음은 북한 기자에게 김일성 욕을 하라고 했다. 북한 기자는 슬며시 일어나서 꽁무니를 뺐다고 한다. 이렇게 북한 기자 코를 납작하게 해준 사례가 있었다.

미국에서 3년간 체류할 때도 토론식 교육을 참관할 기회가 있었다. 초등학교 6학년인 손자가 주제 발표와 그룹 토의를 하는데 학부모를 초대한 일이 있었다. 4명 내지 5명의 그룹별로 주어진 주제에 대해 한 사람씩 발표를 하고 토의를 벌였다. 손자가 한국에서 전학한 지 3개월밖에 안 되는데 과연 영어로 발표를 제대로 할지 걱정이 되었다. 그러나 유치원부터 영어를 배웠고, 지난 3개월 동안 열심히 익혀서인지 무난히 5분여 동안의 주제 발표를 소화하였다. 담임 선생님의 긴장된 얼굴은 환하게 펴졌고 엄지척 제스처까지 보냈다. 또한 미국 초등교육에서 학과 과목 이외에 스포츠나 예술, 박물관 견학, 여행 등 전인교육 모습도 볼 수 있었다. 역시 한국 교육과 다름에 부러움을 느꼈다.

다름이 곧 틀림은 아니다. 국어사전에 의하면 다름은 서로 구별되는 상태나 차이를 말하고, 틀림은 잘못된 상태 즉 오류를 말한다. 다름은 옳고 그름의 문제로 판단하지 않는 개념이며 상대적이고 주관적 차이라 할 수 있다. 이에 반해 틀림은 객관적, 보편적 기준이나 사실을 전제로 잘못되었음을 나타내고 맞음의 반대말이다.

그런데도 일상에서는 이를 혼동하거나 '다름, 즉 같지 않음'을 '틀림'으로 사용하는 경우가 많다. 남이 나와 다름에 대해 상대방을 존중하고 배려하는 마음으로 다양성이 있음을 인정하고 견해차를 좁혀가는 자세가 중요하다. 개개인에 따라 가치나 사고, 또는 문화적 차이나 개인적 취향에서 다름이 올 수 있다.

우리 사회는 아직도 다름을 수용하는 인식이 부족하다. 이런 문화 속에서는 토론이 설 자리가 좁아진다. 중요한 것은 옳고 그름을 따지는 흑백 논리나 승부가 아니라, 내 주장을 양보할 줄 알고 이해의 공통분모를 넓혀가는 접근이 필요하다. 다름을 자연스럽게 존중하는 문화에서 토론이 자라고 사회가 성숙해질 수 있다. 우리가 토론 문화를 만들어가고 발전시켜야 할 이유가 여기에 있다.

실수한 정의감

　행동하지 않는 양심은 결국 악의 편이라고 했던가.

　노인과 젊은이 그리고 힘 있는지와 약한 자의 경계는 어디까지일까. 나는 요즘 지하철을 타고 다니면서 이런 생각을 많이 한다. 경로석에 앉거나 승강기를 타면서 젊은이와 노인을 바라볼 때 더욱 이런 의미를 곱씹어 본다.

　나는 지하철을 타고 내릴 때 승강기를 자주 이용한다. 운동 삼아 계단을 이용하면 몸에 좋은 줄 아나 실천을 못 하고 있다. 엘리베이터 안에는 열림과 닫힘의 조작 버튼이 있다. 열림 버튼은 동작이 잘되지만, 닫힘 버튼은 대부분의 역에서 기능을 정지시켜 놓고 있다. 일부 역만이 닫힘 버튼이 작동한다. 역마다 닫힘 버튼 기능의 존폐를 일원화하지 못한 이유가 있는지 모르겠다.

　나는 집에서 가까운 수인분당선 지하철을 자주 이용한다. 최근 선릉역에서 내려 2호선 전철로 갈아타기 위해 승강기를 탈 때 일이다. 어느 젊은이의 뒤를 따라 두어 걸음 뒤에서 승강기를 타려고 했다. 내 뒤에는 서너 걸음 뒤처져 다리가 불편한 노인도 쩔룩거리며 열심히 따라오고 있었다. 세 사람의 보행 속도가 나이에 비례했다.

　이십 대로 보이는 그 청년이 먼저 승강기에 탔고 내가 이어서 승강기에 오르려고 할 때였다. 젊은이는 승강기에 타자마자 닫힘 버튼을 잽싸게 눌러 문이 닫히고 있었다. 그 승강기는 닫힘 버튼

기능이 작동하는 곳이었다. 머쓱한 나는 반사적으로 승강기 바깥의 열림 버튼을 재빨리 눌렀다. 닫히려던 승강기 문이 다시 열려 겨우 올라탈 수 있었다. 불쾌하다는 생각이 들었으나 목울대까지 나오는 말을 눌러 참았다. 나는 승강기에 오르자 우선 열림 버튼을 눌렀다. 뒤에 걸어오는 다리 불편한 노인을 무사히 태운 후에 승강기는 움직이기 시작했다.

이 순간 머리는 혼돈으로 복잡했다. 머리가 허연 어른과 다리가 불편한 교통 약자가 뒤에 따라가는데 승강기 문이 저절로 닫히려 해도 열림 버튼을 눌러 같이 태우는 게 정상이지 않은가. 그 청년은 승강기 문을 닫고 혼자 올라가려는 극도의 이기적인 행위를 보였다. 이를 보고만 있어야 할까. 아니면 청년의 행동에 대해 한마디 해야 할까. 교통 약자들을 위한 승강기인데 분명히 잘못이란 생각이 들었다. 충고를 해주어야 한다는 정의감과 나이 들면 보고도 못 본 체해야 한다는 인내심이 엎치락뒤치락 씨름했다. 더군다나 젊은이의 잘못된 행동을 꾸짖다가 폭행당한 노인들의 사례를 유튜브를 통해 여러 번 보고 들었기에 더욱 망설여졌다.

하지만 나도 모르게 말이 튀어나왔다. "이보게 젊은이, 뒤에 쩔룩거리는 노인이 바로 뒤따라오는데 나 먼저 탔다고 문을 닫으면 어쩝니까?" 이미 입 밖으로 나온 말이니 다시 주워 담을 수는 없었다. 그다음 청년의 동태가 궁금했다. 청년은 고개를 숙이고 아무 말 없이 잘못을 수긍하는 모습이었다. 다행이란 생각이 들었고 자긍심으로 가슴이 뿌듯했다. 다리를 저는 노인은 대꾸가 없었으나 내 말이 고맙다는 눈치였다.

왜 요즘 젊은이들은 남에 대한 배려심이 없을까. 비단 이번 사례만이 아니고 평소에 자주 느끼는 감정이었다. 청년들이 우리나라를 이끌어갈 미래의 주역인데 기대보다는 실망을 느낄 때가 많다. 동방예의지국은 이제 옛말이 되어, 외국인 행동의 반만 따라가도 좋을 듯싶다. 학교 교육의 문제일까, 아니면 부모의 가정교육 문제일까. 젊은 세대가 인간의 보편적인 가치관이나 공동선 측면에서 볼 때 이러한 인식이 부족해 보인다. '집안에 노인이 없거든 빌려라.' 그리스에는 이런 격언이 있는데, 우리 주위에서 노인이 홀대받는 현실을 볼 때 서글픈 생각이 든다.

나이가 들면 초라해 보이는 걸까. 인간의 가치도 떨어지는 걸까. 하나의 에이지즘(ageism)쯤으로 치부하면 그만일지 모른다. 그래도 승강기 탈 때와 같은 잘못을 보면 바른말을 해주는 사회가 밝은 내일을 위해 바람직하다고 생각한다.

그 일을 겪은 며칠 뒤의 일이다. 외출 나갔다가 집에 도착하는 지하철역에 내린 후 승강기를 타기 위해 줄을 서고 있었다. 그때 미끈하게 생긴 청년이 늘어선 줄을 헤집고 중간으로 끼어들었다. 그의 행동이 막무가내였다. 나는 그 청년의 뒷순위로 밀려나고 말았다. 교통 약자의 행동이었다면 이해했을 것이다. 그 지하철역은 지상으로 올라가는 계단이 매우 길어서 청년들도 곧잘 승강기를 이용했다. 젊은이들 때문에 노인이 뒷순위로 밀려 다음 승강기를 타야 하는 사례가 종종 있었다.

새치기하는 청년을 보고도 누구 하나 이의를 제기하거나 꾸짖는 사람이 없었다. 대부분 줄을 선 사람들은 노인들이었다. 젊은이와 부딪히지 않으려는 현실에 순치되었거나 아예 체념한 듯 보였다. 얼마 전의 승강기 사건이 머리를 스치고 지나갔다. 갑자기 침묵은 비겁하다는 생각이 들었다. 나도 모르게 "이봐 젊은이, 모두 줄을 서 있는데 중간에 새치기하면 어떻게 하나?" 말은 점잖게 했지만 말투엔 힘이 있었다. 그 청년은 나를 빤히 쳐다보기만 했다. 뭐가 이상하냐고 히죽히죽 웃기까지 했다. 너무 예의 없는 젊은이라고 생각하는 중인데 옆의 아주머니가 나보고 눈을 껌뻑껌뻑했다. 무엇인가 퍼뜩 머리를 스쳤고 재빨리 그 뜻을 알아차렸다.

이어서 승강기가 내려오고 문이 열렸다. 두 줄로 선 십여 명이 승강기에 올라탔다. 아니나 다를까. 그 미남 청년은 노래인지 알아들을 수 없는 소리를 혼자 지껄이는 게 아닌가. 발달장애인이었다. 그는 누가 듣든지 말든지 혼자 흥이 나 보였다. 나는 실수를 인정할 수밖에 없었다. 전의 자부심과는 달리 이번에는 수치심이 치밀어 올라왔다. 실수한 정의감이라고 할까. 인내나 침묵이 행동하는 양심보다 더 나을 때가 있음을 알았다. 사람의 눈과 귀에만 의지하면 탈이 난다는 어느 작가의 말이 생각났다. 인간의 능력이 작게 느껴졌다. 시쳇말로 못 본 체하는 것이 지혜일지 모른다고 생각했다. 조금 더 참을 걸 하며 후회했다. 청년을 향해 한마디 하지 않을 수 없었다.

"미안해!"

녹지 않는 눈

　몇 개월 전에 집에서 가까운 이발소에 간 일이 있다. 이발이 시작되자 눈도 같이 내렸다. 째깍째깍 가위소리 날 때마다 눈송이가 머리에서 떨어진다. 한여름에 내리는 눈이다. 이마 위에 둥지 틀고 있는 눈은 산전수전 겪은 노병의 흔적이다. 중년의 가파른 고개를 넘은 사람만이 받는 훈장이라 할 수 있다. 오염되지 않고 순수할 거라고 생각한다.

　칠십이 지나면 싫든 좋든 초로의 경지에 들어섰다는 말을 듣는다. 주위에서 한 발짝 뒤로 밀려나는 대우를 받는 경우가 종종 있다. 세상의 오묘한 섭리를 인간이 헤아리기 힘들다. 왜 검은 머리가 희게 되는지 그 이치를 떠나서, 사람에 따라서는 자연이 주는 변화를 싫어하는 이도 있다. 일부러 색칠해서라도 하얀 눈을 감추려고 한다. 나는 사계절 녹지 않고 먼 산의 잔설처럼 보이는 눈을 싫어하지 않는다. 그 이유는 대자연의 순리에 따르는 일이요, 인생의 가시밭길을 헤쳐온 공로로 생각하기 때문이다. 부끄러울 것도, 서러울 것도, 자랑할 것도, 숨길 것도 없다고 생각한다.

　옆자리에 앉은 젊은이여, 맑은 날에 눈이 내린다고 이상하게 보지 말아다오. 내 머리에서 눈송이가 흩날리며 떨어지는 모습을 그냥 자연으로 보아주면 안 될까. 노인의 가슴에 쌓인 설움을 울컥울컥 토해내는 소리는 못 들어도 좋다. 굽이굽이 지나온 길에 깔아버린 노인의 굴곡진 삶을 그대들이 어찌 알겠는가.

고난의 자취가 새겨진 조각들이 수북하게 쌓인다. 가늘고 여린 눈발이지만 덩어리로 뭉치면 암반도 뚫을 수 있는 잠재력도 있지 않는가.

삶의 한 부분이 떨어져 나가는데도 애석한 생각이 나지 않는다. 세월이란 거친 파도에 부대낀 해안가 몽돌이 제 몸을 깎아가며 반짝반짝 빛나는 것처럼 본분을 마친 자부심을 느낀다. 머리에 눈이 쌓이는 것도 모르고 수십 년 동안 손발이 부르트도록 육지와 바다를 줄줄이 엮어 여러 식솔을 챙긴 보람도 있다.

자식들을 업고 키운 등허리가 거북이 등같이 굽고 갈라졌을지라도 눈송이가 낙엽처럼 날아와 파인 골을 메워준다. 꽃이 지면서 서럽지 않음은 열매를 맺기 때문이라는 말이 위안이 되기도 한다.

우리가 부딪치는 세상살이는 동전의 양면 같다. 밝고 아름다운 앞면은 당연한 일인 양 무심히 지나치게 마련이다. 한편, 뒷면은 거짓이 판치고 불의가 날뛴다. 악화가 양화를 쫓아버리고 어둠의 세력이 하늘과 땅에 가득하다. 이럴 땐 밝은 사회는 캄캄한 세계에 흡수되어 빛을 잃고 만다. 물질주의가 온누리를 뒤엎고 인간을 황금 뒤편으로 밀어내거나 불의가 정의를 억압해도 하늘은 침묵만 하고 인간은 갈 길을 잃고 벼랑 끝에서 헤맨다. 이런 때일수록 진흙탕에 빠져 허우적거리기보다는 자신과 주위를 냉철히 바라보자. 소소한 일상생활이 행복이라는 삶의 가치를 터득하는 기회가 될 수 있다.

산과 들로 나가 대자연에 몸을 비추어 보면 모두가 티끌 같은 몸짓이고 물거품 같다. 우리가 체험이나 책에서 얻지 못하는 진리를 자연에서 배울 수도 있다. 인간으로서 능력과 한계의 경계는 어디쯤일까. 나이가 들수록 감정이 박제되는 듯하나, 어느 편에도 치우치지 않는 중심을 잡을 수 있어 좋다.

저녁노을 바라보며 가슴 쓸어내리는 회한을 구름과 같이 떠나보내고 싶을 때도 있다. 아침 이슬과 하늘을 번갈아 쳐다보며 초로인생의 안타까움에 젖어보는 순간이 있다. 세월이란 밧줄에 묶여 앞으로 나가지 못하고 뒤만 바라보며 추억에 잠길 때가 있다. 아쉬움 속에서 기대감마저 무너지지 않도록 잡은 끈을 놓지 못하고 있다.

우리 인생살이에서 늙음이나 나이를 반납하고 젊은 세계로 되돌아갈 수는 없다. 인간이 앞만 바라보는 편도 여행의 티켓을 가지고 있기 때문만은 아니다. 노인의 편안함과 사유의 자유를 구속받기 싫다. 산전수전 다 겪은 관조의 삶은 젊을 때는 모르기 때문이기도 하다.

봄이 돌아와도 녹지 않는 눈, 보배라 할 수는 없지만 매사 감사한 마음으로 오늘에 최선을 다하며 살고 싶다. 망각의 강을 건너갈 때는 모두가 빈손이지 않은가. 속세를 떠나 산에서 사는 자연인이 부럽지 않은 자유인으로서 해탈을 기대해 본다면 지나친 욕심일까.

행복 총량의 법칙

　최근에 잘 아는 사람으로부터 '지랄 총량의 법칙'에 대해서 들을 기회가 있었다. 이 말에 관심이 끌려서 구체적인 내용을 더 알아보기 위해 인터넷을 뒤져 보았다.

　'지랄 총량의 법칙이란 사람이 한평생 살면서 해야 할 지랄의 총량이 정해져 있다'라고 주장한 분이 있다. 한동대 법대 김두식 교수의 저서 '불편해도 괜찮아'에 나오는 말인데, 듣는 이로 하여금 흥미를 자아낸다. 이 법칙에 의하면, 모든 인간은 평생 쓰고 죽어야 하는 '지랄'의 총량이 정해져 있고, 죽기 전까지 반드시 그 양을 다 쓰게 되어 있다는 것이다.

　어떤 사람은 어린애 시절에, 어떤 사람은 사춘기에, 어떤 사람은 늦바람이 나서 늘그막에 마침내 지랄의 총량을 채우게 된다고 한다. 지랄을 곁에서 바라보는 힘겨운 사람들에겐 조금 위안을 갖게 하는 말이기도 하다.

　과연 이 법칙이 맞느냐, 안 맞느냐에 대해 다툼으로 접근할 수 있다. 그러나 이런 총량의 법칙이 일리가 있다고 보고, 이를 원용하면 여러 가지 다른 법칙을 만들 수 있어 재미가 쏠쏠하다.

　예를 들면 '주량酒量 총량의 법칙', '고민苦悶 총량의 법칙', '질병疾病 총량의 법칙', '행복幸福 총량의 법칙' 등 그 수를 헤아릴 수 없을 정도다.

그 중 '행복 총량의 법칙'에 대해 좀 깊이 살펴보기로 한다. 이 원칙은 인간이 행복을 누리는데 한도가 있다고 보는 제도다. 인간은 누구나 행복해지기를 바라지만 총량의 제한으로 마냥 행복한 삶만을 살 수 없다고 보는 것이다. 이를 뒤집어 보면 '불행 총량의 법칙'과 같다고 할 수 있다.

실제로 인간의 삶엔 좋은 운만 지속적으로 주어지지 않고 고통이나 불운이 같이 따라다닌다. 인생을 희비 쌍곡선에 비유하든지, 신은 사람에게 오복五福을 다 주지 않는다는 말과 일맥상통한다. 속담에서 '쥐구멍에도 볕 들 날 있다'든지, 한자성어의 '호사다마好事多魔'나 '고진감래苦盡甘來' 등과 뿌리를 같이 한다고 할까.

어찌 보면 우리 삶은 좋은 일보다는 나쁜 일을 더 많이 겪어야 하는 운명을 타고났는지 모른다. 그래서 인간 세상을 고해苦海로 일컫는가 보다.

선인先人 중에는 '석복惜福'을 좌우명으로 삼아, 복이 있을 때 복을 저축했다가 어려움이 닥쳤을 때 꺼내 쓰자는 사람이 있었다. 기쁠 때 어려움에 대비하자는 유비무환有備無患 의미와 같다고 볼 수 있다. 너무 행운이 계속되고 있을 때, 낮은 자세로 남에게 봉사를 한다든지, 물심양면으로 어려운 사람들에게 도움을 주려는 사람이 있다. 그런 사람들의 지혜를 긍정적으로 평가해 주고 싶다.

이렇게 보면 인생에 있어서 평생 누릴 수 있는 행복의 양이 정해져 있다는 '행복 총량의 법칙'이 일리 있는 생각이 든다. 아무리 일생이 순탄했던 사람이라도 불우한 때가 있었고, 한평생 불운했던 사람도 행복한 때가 반드시 있게 마련이다. 운명론적인 닫힌 사고라고 치부하는 사람도 있겠지만, 영구적인 행복과 불행은 없으니 '행복 총량의 법칙'도 틀린 말은 아니라고 할 수 있다.

힘들고 고통스러울 때 곧 '즐거울 때가 오겠지' 하고 위로를 삼는다든지, 또는 '지금의 고난은 나만이 겪는 게 아니라 대부분의 다른 사람과 함께 겪고 있다'라고 생각하면 슬픔이 가벼워진다. 싫어도 어쩔 수 없이 맞부딪치는 가시밭길 언덕을 오르다 보면, '오늘은 힘들지만 참고 견디면 내일은 밝은 태양이 떠오르지 않을까' 하는 기대를 걸어보는 것과 마찬가지다.

이런 행복의 총량이 사람들 각자各自에게 적용된다면, 한편으로는 인류 전체에게도 해당한다고 볼 수 있다. 지구상의 인간 중에서 행복하다고 생각하는 사람들은 얼마나 될까.

행복이란 개념이 주관적이고, 물질의 잣대로만 잴 수가 없으므로 그러한 인간이 전체의 20%다, 30%다 이렇게 쉽게 얘기하기는 어렵다. '행복지수'를 산출하는 객관화된 계량 방법을 개발하여 개인별로 측정하기도 쉬운 일이 아니다.

사람별로 차이는 있겠지만, 보편적인 가치 요소로 보아 '행복하다' 또는 '행복하지 않다'로 구분해 볼 때, 행복하지 않다고 하는 사람이 훨씬 많으리라고 본다. 여기에도 행복 총량의 법칙은 예외 없이 활용된다고 볼 수 있다.

이 법칙에 의하면, 내가 운이 좋든 노력의 결과든 행복하다고 느끼면 그만큼 어디엔가 행복하지 못한 사람이 있다고 할 수 있고, 반면에 나의 불행이 누군가 남의 행복 때문이라고 오히려 위로나 긍지를 느낄 수 있다. 나와 다른 사람과의 이해관계가 상충하고 있음을 알 수 있다.

그러므로 내가 남보다 뛰어나 만족한 삶을 산다고 오만해서는 안 될 일이고, 불우하다고 해서 자포자기나 슬픔의 늪에서 헤어

나오지 못해도 안 된다.

　내가 잠시 보관하고 있는 복주머니기에, 조그만 일에도 만족하고 감사하는 자세가 필요하다 하겠다. 행복한 위치에 있는 사람이 불행한 처지인 사람에게 연민의 정을 가지고 도와주어야 하는 이유가 될 수 있다. 나의 불행을 남이 대신해 준다고 보아야 하기 때문이다. 춥고 배고픈 이웃들을 외면하지 않는 공동 운명체 의식이 요구된다.

　한편, 행복이라는 상승곡선의 꼭대기를 지나 불행의 내리막길에 이르렀을 때는, 용기를 가지고 희망찬 내일을 위해 끈기 있게 참고 기다리는 의지가 필요하다 하겠다.

고목과 나이테

　서울 근교의 산엘 올랐다. 산자락에서 밑동이 잘린 어느 고목의 옆을 지나게 되었다. 그 나무는 타고 난 목숨을 다했는지 넘어진 채 썩어가고 있었다. 유해가 땅에 묻히지도 못하고 풍장으로 삭는 것 같아 안쓰러웠다. 나무가 잘려 나간 그루터기에선 나이테가 희미하게 보였다.

　그 나이테는 마치 오래된 레코드판 같았다. 그곳에선 노랫소리가 들렸다 안 들렸다 했다. 가운데 동그라미에선 아기 옹알거리는 소리가 나고 가장자리의 주름살에선 노인네의 구성진 트로트 가락이 장단을 맞추고 있었다.

　나이테에는 몇 가닥 갈라진 틈도 보였다. 이는 나무의 가슴이 터져서 벌어진 틈바구니 같았다. 나이테 위에 보이는 검은 반점은 뱃속에서 토해낸 응어리를 말리는가 보다. 한평생 사느라고 얼마나 많은 회포가 쌓였겠는가. 또한 베어진 나무엔 한이 뭉쳐진 옹이가 여러 개 박혔고 껍질은 부르트고 터져 갈라진 그대로였다. 식솔들 먹여 살리기에 평생을 고생한 노인의 거북 등과 닮았다.

　노래가 끊어질 듯 이어지고 이어지다 끊어지는 나이테는 나무의 일생이 담긴 마이크로필름이고 한 편의 자서전이었다. 척박한 산에서 태어나 돌보아주는 이 없이 어린 시절을 보냈다. 젊음을 자랑하고 싶은 한창 시절도 있었다. 때로는 벌 나비의 프러포즈를 받은 짜릿함도 있었다. 비나 눈이 오면 오는 대로 맞고 병충해에 분신 같은 자식을 잃어버렸을 때는 눈물이 났다. 태풍이라도 불면 쓰러질 듯 흔들리면서 모질게 한 해 또 한 해를 버텨왔다. 새파란 젊음은 평생 지속되지 않았다. 해를 거듭하며 나이테가 동그라미 숫자를 불려 갈수록 황혼에 한 걸음 한 걸음 다가가는 것이었다. 그래도 몸살을 앓으며 꽃을 피워 열매를 맺고 자식들이 둥지를 떠날 때의 보람은 결코 잊지 못했다.

싱싱했던 나무가 몇십 년을 거듭하니 고목이라는 이름표를 달게 되었다. 몸도 옛날 같지 않아 줄기와 이파리에도 거추장스러움을 느꼈다. 갈수록 몸집은 줄어들고 꽃도 많이 피지 않았다. 최근에는 덩그러니 줄기만 휑하니 남았다. 마치 자식들 다 출가시키고 우두커니 빈집 지키는 노인처럼 보였다.

이제는 모두 지난 일이다. 즐겁고 괴로웠던 일은 모두 훌훌 털어버리고 떠날 일만 남은 셈이다. 자손을 많이 남겼으니 미련도 없다. 토르소처럼 몸뚱이만 남으니 감정이 메말라 갔다. 고사한 몸이 언제 톱으로 밑동을 잘릴지 모르는 운명이었다. 그때까지 지나온 삶을 반추해 가며 관조의 나날을 보냄이 일과였다.

산에 올라가는 발걸음이 가볍지 않다.

지키지 못한 약속

사람 속에는 또 다른 사람이 살고 있는 것일까.

그는 이상이 높았으나 현실에 적응은 잘못하는 편이었다. 그는 몸은 하나지만 '내 속에 또 다른 내가 여러 명 있는 것 같다'라고 생각했다. 그는 평소 윤동주의 서시처럼 하늘을 우러러 한 점 부끄럼 없는 삶을 동경했다. 그것이 떳떳하고 보람된 인생이라고 생각했다. '어떻게 하면 그게 가능할까. 과연 이룰 수 있는 일일까. 최선을 다해 살면 그것으로 충분하지 않나. 옥에도 티가 있다는데 그런 완벽한 삶이 있겠는가. 다만 세상의 탁류에 휩쓸리지 않기 위해 선비정신으로 무장이 필요하겠지'라는 소신을 지키려고 노력했다.

채근담에 물이 맑으면 고기가 살지 않는다[水之淸者 常無魚]는 말이 머리 한구석을 떠나지 않았다. 그는 자신에게 엄격했으나 타인에게는 그러지 못했다. 다른 사람에게도 그와 같은 기준을 요구하다가는 역풍을 감당하기 힘든 세상임을 알았기 때문이다. 사람은 사회적 동물이고 독야청청하게 살지 못한다. 그의 속에 또 다른 그가 '적당히 흐린 물에서 나사 하나가 빠진 듯 더불어 사는 지혜'가 필요하다고 옆구리를 쿡쿡 찌르고 있다면서 쓴웃음을 짓기도 했다. 그는 그러겠다고 약속했다. 약속대로 이행할 자신은 다음 문제였다.

인간 대부분은 돈 앞에 사족을 못 쓴다. 황금을 우상같이 숭배하는 사람이 많은 세상이다. 그들은 돈을 벌기 위해 수단 방법을 가리지 않고 인간의 존엄성마저 팽개치기 일쑤다. 오로지 돈을 버는 일만이 삶의 목적 같아 보인다. 그것을 위해 진흙탕 싸움과 권모술수도 마다하지 않는다. 돈만 있으면 세상만사는 모두 해결된다고 생각한다. 이쯤 되면 인간이라기보다 돈의 노예란 말이 어울린다. 세상은 물질주의가 판치고 인간의 가치 존중은 둘째같이 보인다. 인간의 존엄성이 배금주의 앞에 번번이 무너지고 있음을 그는 안타까워했다.

그가 나이 들면서 욕심을 버리는 법을 익히며 살았다. 돈보다는 휴머니즘이 더욱 보람된 일이라고 생각했다. 그의 속에 있는 또 다른 그가 '현찰이 중요하다'라고 충고할 때가 자주 있다. 그러나 이를 가볍게 여기고 오히려 99의 노예*를 경계하며 살았다. 그가 치과에서 임플란트했을 때나 병원에서 허리 수술했을 때 많은 경비가 들었다. 그 이후로 현찰의 괴력이 그를 유혹했다. 세상에 널브러진 노다지를 두 팔로 긁어모으지 못하고 추수 끝난 들녘을 한 손으로 이삭이나 줍고 다녔던 그는 외팔이와 다름없었다. 꿈과 이상대로 사는 어음의 삶보다 눈에 보이는 현찰의 유혹을 뿌리치기 힘든 현실에 번민하기도 했다. 그는 또 다른 그에게 네 말도 옳다며 이제 고맙게 받아들이겠다며 다시 약속하고 말았다.

그는 이권을 좇아 뜀박질하며 앞질러 가는 군상의 꽁무니나 쳐다보는 먼산바라기 앉은뱅이 같았다. 그렇지만 앞서가는 인간 대열에 끼고 싶지 않았다. 악화가 양화를 쫓아내고 불의가 정의를 밀어내는 그런 세상이 보기 싫었다. 그는 한쪽 눈을 감은 채 한 눈으로만 세상을 보는 외눈박이와 다름없었다. 그가 세상을 못 따라가든 세상이 그를 못 따라오든 자기의 길만을 오로지 가고 싶어 했다. 궤도를 수정하고 싶은 생각이 없었다. 힘들면 글 쓰는 붓이 그림자처럼 따라다니며 외로움을 지워주는 벗이었다.

그 자신도 맘대로 안 될 때가 있음을 고민했다. 자신에게는 너그럽고 남한테는 엄격한 잣대를 들이대고 싶어지는 이를테면 내로남불 같은 또 다른 그가 숨겨져 있는 것 같다고 생각했다. 그는 때때로 미장아빔*을 되뇌었다. '과연 내 속의 나는 몇이 더 있는지를.'

불의를 보고 침묵할 때도 있었다. 인간과 더불어 살면서 그만의 소신과 원칙을 고집할 수가 없었다. 사회 구성원으로서나 가장으로서 넘어야 하는 현실 장벽은 너무 두꺼웠다. 그가 남과 무엇이 다르고 정의와 휴머니즘을 말할 자격이 있는지, 과연 따뜻한 가슴을 가졌다고 자부할 수 있는지 회의가 들기도 했다. 셰익스피어의 '인생은 무대 위에 선 배우다'라는 말이 실감이 났다.

문제는 언제까지 그 속의 그와 투쟁을 계속해야 할지 답답했다. 그가 다른 그와의 약속을 제대로 지킬 수 있을지 확신도 서지 않았다. 처음부터 약속을 지킬 자신이 없었는지 모른다. 후회는 하지 않았다. 애먼의 멍에에서 벗어나 자유인이 될 수 있을까. 그의 영혼만은 오염에 물들지 않고 자유로워지고 싶을 뿐이었다.

* 99의 노예 : 가진 것이 아무리 많아도 만족하지 못하고 부족한 1을 채워 100을 만들기 위해 물불 가리지 않고 죽을힘을 다하는 사람.

* 미장아빔(mise en abyme) : 20세기 예술의 특징을 설명해 주는 미학적 원리 중 하나. '그림 속의 그림', '이야기 속의 이야기', '극중극'처럼 서사의 복합적 의미의 효과를 만들어 내는 구조 기법.

아모르 파티

  아모르 파티(Amor Fati)는 '운명을 사랑하라'는 라틴어이다. 이 말을 포함해서 최근에 카르페 디엠(Carpe Diem)이나 메멘토 모리(Memento Mori)와 함께 세 개의 라틴어 경구가 널리 쓰이고 있다. 셋 모두 나름대로 의미가 있고 이를 조합하면 더욱 시너지 있는 깊은 뜻이 있다고 하겠다.

  아모르 파티는 독일 철학자 니체가 그의 저서 '즐거운 학문'에서 사용하여 유명해진 용어이다. 인생을 살다 보면 생로병사의 길에서 희로애락을 겪으며 살 수밖에 없는데, 고통이나 슬픔까지도 운명으로 받아들이고 모든 것을 사랑하라는 뜻이다. 여기에서의 운명(Fate)은 인간에게 숙명적으로 정해져 있는 그런 운명이 아니라, 인생을 살다 보면 사람의 힘으로는 어찌할 수 없는 상황 속에서 자신이 만들어 왔고 자신이 만들어갈 자신의 운명을 사랑하라는 의미이다.

  즉 자신의 결정으로 얻어지는 괴로움과 몰락의 결과마저 만족하고 수긍하라는 뜻이다. 감당하기 힘든 운명이 닥쳤을 때 사주팔자라는 식으로 치부하여 체념이나 순응하라는 말이 아니라, 자신에게 펼쳐지는 삶에 능동적이고 적극적인 자세로 인생길을 개척해 나가라는 것이라고 할 수 있다.

  아모르 파티를 우리의 일상생활에서 흔히 겪는 바지와 바지걸이에 연관을 지어 생각해 본 일이 있다. 옷을 보관할 때 윗옷은 보통 옷걸이에 바지는 바지걸이에 보관한다. 바지걸이는 양쪽에 두 개의 집게로 바지가 흘러내리지 않도록 고정시킨다. 이 경우 바지가 사람이라면 어떤 기분이 들까. 온종일 주인에게 끌려다니며 대가 없이 봉사하는 일이 바지의 본분이다.

어느 때나 주인의 부름이 있으면 따라가야 하고, 대부분 가죽끈으로 만든 올가미를 씌운 채 끌려다닌다. 몸이 피곤하다고, 심지어는 몸살을 앓아도 맘대로 쉴 수도 없다. 그러다가 주인이 퇴근하거나 외출에서 집으로 돌아올 때는 장롱이나 어두컴컴한 좁은 공간에서 잠시 쉴 기회가 있다. 금싸라기 같은 휴식에 대한 그의 기대는 곧 물거품이 되고 만다. 사슴벌레보다 센 이빨로 숨통을 조이는 집게의 고문이 시작되기 때문이다. 휴식이나 휴가란 단어는 그의 사전에는 없다. 차꼬를 찬 노예 신세라고 할까. 칼을 차고 옥에 갇힌 죄수의 신분이라고 할까. 아무도 그의 고통을 알아주거나 관심을 두지 않는 현실에서 참고 견디는 수밖에 도리가 없다. 바지는 '윗옷은 의자에 걸터앉아서 푹 쉬고 있는데 나는 이게 뭐야'라며 억울한 생각이 들었지만, 이것이 운명이고 평생 짊어져야 할 멍에라고 생각했다. 그럴 때마다 그는 자신의 신세를 탓하면서 절망이란 늪에서 헤어나지 못했다.

바로 이때, 지옥 같은 생활에서 낚아 올린 말이 바로 아모르 파티라고 할 수 있다. 그에게 주어진 고통이 피할 수 없는 현실이라면, 이를 원망하거나 부정하지 않고 도리어 운명을 사랑하기로 발상을 바꾸기로 했다.

집게에 의해 몸이 으스러지는 고문이 아니라 사랑의 입맞춤으로 생각하기로 했다. 바지는 집게가 '나를 사랑하기에 영원히 놓고 싶지 않은 거야'라는 애정의 표현으로 받아들이기로 했다. 그럼으로써 바지는 발을 쭉 뻗고 편히 쉬는 달콤한 휴식을 가질 수 있었다. 행복이 무엇인지를 비로소 알게 되었고 절망이 희망으로 바뀔 수 있었다.

작고한 어느 유명한 여류작가는 몸이 쑤시고 아파야 글이 나온다고 했다. 그녀는 대하소설로 이름을 날린 유명한 작가다. 보통 사람으로서는 상상하기 힘든 말이다. 고통의 현실을 기꺼이 받아들이는 뼈를 깎는 극기심이 없다면 불가능한 일이다. 수많은 슬픔과 고난을 헤쳐나온 사람만이 얻을 수 있는 지혜인지 모른다. 그 작가는 이미 아모르 파티를 실천한 선각자가 아닐까 하는 생각이 든다.

우리 사회에서 이와 일맥상통하는 말이 있다. 나이 들어서 우리가 겪는 아픔을 성장통이라고 부르는 경우이다. 인간은 즐거울 때도 있고 괴로울 때도 있다. 누구나 고통을 피하고 싶지만 마음대로 되지 않는다. 우리가 내적 성장을 위해서는 고통이 필요조건일 수 있다. 평화와 행복 속에서는 정신적인 성숙과 깨달음이 쉽지 않기 때문이다. 바로 고통을 즐겁고 긍정적으로 받아들여야 하는 이유가 되지 않을까.

* 본 글에서 아모르 파티에 대한 어원이나 개념은 나무위키에서 참고로 했다.

2부

가을 해바라기

　강화도로 여행을 갔다. 농익은 가을이 주위의 산과 들을 불태우고 있었다. 시골의 빈집을 지키고 있는 감나무며 대추나무는 가지마다 계절의 붉은 등을 밝히고 있었다.

　고인돌 공원 옆에 있는 강화역사박물관을 구경하고 나오는 길에 길섶의 해바라기 무리를 만났다. 한 줄로 줄지어 서 있는 대여섯 그루가 우리를 환영 나온 듯 보였다. 도시에서는 쉽게 만나볼 수 없는 새로운 풍경이다. 어릴 적 시골에서 들판을 뛰놀며 보았던 해바라기의 추억을 되새기는 것 같아 반가웠다. 가까이 다가가 자세히 살펴보았다.

　해바라기는 오로지 해만 바라보고 사는 꽃으로 알았다. 평소에 양지만 지향하며 목에 힘주는 꽃이라고 생각했는데, 가을 해바라기는 그렇지 않았다. 여름날 땡볕 아래서 어깨를 으쓱대며 젊음깨나 자랑했는지 모르지만, 이제는 해님이 손길을 주어도 마냥 고개를 숙이고 있었다.

　그뿐이 아니었다. 태양열에 활짝 핀 노란 꽃잎은 쪼글쪼글 오므라들었다. 싱싱했던 초록 이파리도 생기를 잃고 갈색 반점이 드문드문 생겼다. 곧추 뻗은 줄기는 활같이 굽어가고 있었다. 꽃잎으로 에워싼 동그란 얼굴에 깨알같이 어깨 맞대고 자랐던 까만 씨앗들이 지금은 거의 떨어져 나갔다. 마치 자식들을 다 분가시키고 덩그러니 집을 지키는 노부부처럼 휑한 느낌이었다. 지나가는 바람만이 친구삼아 잠시 놀아주다 갈 뿐이었다. 햇볕이나 바람마저 없었다면 오아시스 없는 사막처럼 외롭고 쓸쓸했을 것이다.

가을볕에 이울어 가는 해바라기를 보면서 잘 나가던 꽃도 이럴 때가 있구나. 사람이 나이가 들면 인생이란 시계가 가을을 가리키나 했는데 이 꽃도 마찬가지라고 생각했다. 해바라기는 세월의 그물에 갇힌 인간의 모습 같다. 과거에 잘 나가던 기개는 어디 갔는가. 박제된 독수리가 포효하던 옛날이 아쉬운 듯 잘 나가던 젊음을 그리워하지 않을까 생각했다.

가을이 지나가면 곧 추운 겨울이 찾아올 텐데 그 채비는 하고 있을까. 머리 숙이고 있는 해바라기에 다가가 입과 귀를 가만히 대보았다. 가슴의 고동도 들어보고 마음까지도 헤아려 보았다.

"그래, 너는 지난날 가슴 벅찼던 푸르름이 그리워 젊은 시절로 돌아가고 싶은 게냐?"

나는 연민의 눈빛으로 해바라기를 바라보았다. 해바라기는 대답을 준비하고 있었는지 예상과 다르게 쉽게 속내를 말해주었다.

"아니야, 다 떠나보내니 편안해. 지나간 젊은 시절을 빼앗겨 서운한 게 아니라, 오늘이란 열매를 맺기 위해 준비하고 있었을 뿐이야. 욕심을 비우고 자연을 벗 삼아 살아가니 편하기 그지없어."

세상의 섭리를 일깨우는 듯한 대답이 내 뒤통수를 치는 것 같았다. 지난날 영화는 잊어버리고 이제는 낙화의 순리를 받아들이는 것 같아 마음이 숙연해졌다. 해바라기가 달관의 수도승이나 산전수전을 다 겪은 노인처럼 어른스럽게 보였다. 바라보고 또 바라보아도 대견스러웠다.

노을 지는 들녘에서 저녁 미사 종소리에 맞춰 일손을 멈추고 머리 숙여 기도드리는 밀레의 '만종' 부부가 떠올랐다. 해바라기도 그들 부부처럼 저렇게 기도를 드리고 있지 않을까. 많은 욕심도 아니고 떨어져 나간 분신에게 너희는 해를 따라는 가되, 어둡고 추운 곳도 외면하지 말기를 부탁하고 있는지 모른다. 또한, 몇 개 남은 씨앗마저 한솥밥 둥지를 떠나 거친 세파를 헤치며 무사히 자라가길 바라는 염원도 잊지 않고 있겠지.

끝없는 명상이 꼬리를 물고 이어갔다. 나는 갈 길을 잊은 채 해바라기에 빠져들고 있었다. 동료들은 벌써 이곳을 떠나갔는지 보이지 않는다. 우두커니 서서 상상의 늪에서 벗어나 이제 발길을 돌려 해바라기와 작별을 해야 했다. 아직도 가을 오후의 따가운 햇볕이 대지를 데우고 있었다. 해바라기에 대한 미련의 긴 그림자를 강화도에 남기고 서울로 향했다. 그 긴 그림자가 발에 밟히고 가슴에 여운을 남기며 쉽게 지워지지 않았다.

붓꽃 예찬

초여름이 시작되는 6월 초순, 집 주위나 오가는 길가에서 붓꽃 (Iris)을 쉽게 만날 수 있다. 진보라 빛깔의 꽃이 흔하지 않아 쉽게 눈에 들어온다. 붓꽃의 매력은 무엇보다 봉오리에 있다. 벙글기 전의 모습이 마치 먹물을 찍은 붓과 비슷하다고 해서 붓꽃이란 이름을 붙였다고 한다. 아무리 봐도 이름표 하나는 제대로 달았다.

붓꽃 봉오리를 볼 때마다 붓을 쥔 작가라는 생각이 설핏 스친다. 남 같지 않아 그냥 지나치지 못하고 한참 바라보며 명상에 잠기곤 한다. 붓 한 자루 쥐고 태어나 붓 한 자루 쥐고 생을 마치는 그의 삶은 어떠할까. 행복할까, 아니면 불행할까. 예술가로서 보람과 긍지를 느끼고 있을까. 붓꽃은 이승에서 붓 한 자루면 충분하다고 화답하고 있는 것 같다.

그는 자연의 캔버스 위에 밑그림을 그려 자기 삶을 설계하고, 보랏빛 색칠을 하며 일생을 꾸려가겠지. 작가가 힘을 다해 쏘아 올린 작품인 붓꽃이 멋있다기보다는 청순한 측에 가깝다. 아무 곳에서 뿌리를 내리고 교태를 부릴 줄도 모르는 들꽃을 연상케 한다. 뜨겁게 내리쬐는 태양에 우쭐대다가 비바람 채찍에는 고개를 떨구는 평범하고 수수한 삶에 만족해하지 않을까. 그래도 꽃의 본성이랄까 은근히 주위의 시선을 끌어당기는 유혹이 있어 나도 모르게 마음이 이끌린다.

그는 때때로 지나간 삶의 여정을 돌아보곤 한다. 혹시 작품이 어떤지, 고칠 곳은 없는지 살핀다. 지나간 길보다는 앞길이 중요하다며 잘못 그려진 그림은 바로 잡는다. 오로지 걸작품을 화폭에 담아내기 위해 땡볕에 비지땀을 흘리고 있는 열정에 가슴이 찡하다. 누군가 알아주는 사람이 하나라도 있으니 저 붓꽃은 지금 흐뭇해하고 있겠지.

내가 가슴이 미어질 때면 붓을 잡듯이 그가 피워낸 붓꽃도 가슴을 찢으며 붓대에 꽂지 않았을까. 눈여겨보면 토해낸 응어리가 꽃에 묻어 있는 듯 보인다. 그의 재산이란 오로지 혈혈단신 붓 한 자루이다. 황금의 손짓에도 눈길 주지 않고 욕심 버리고 사는 선비 같아 왠지 숙연해진다. 그가 고통과 슬픔을 속으로 삼키고 있는지 모르지만, 나에겐 드러내 보이지 않는다. 붓꽃의 그림자는 언제나 반듯해 햇빛이 구부러뜨리지 못한다. 바르게 곧추서는 힘은 깨끗한 영혼에서 솟아나기 마련이다.

붓꽃은 가난한 작가의 신세를 원망하기보다 하늘이 내린 예술가라는 자부심으로 살고 있다. 세상의 물질만능 늪에 빠지지 않고 꼿꼿하게 예술가로서의 혼을 지키며 산다. 누가 뭐래도 자유인의 공기를 마시며 산다. 나의 삶은 때로는 오염에 물들고 한계에 부딪혀 가슴이 터질 때가 있어, 그가 더 행복하다는 생각까지 든다.
붓꽃도 꽃이 지는 날이 오겠지. 겨우 하루 동안 불꽃같이 살다 이우는 짧은 생애지만, 열매라도 남기는 보람이 있지 않은가. 그는 뛰어난 작가의 유전자를 자손 대대로 이어갈 꿈에 가슴이 뿌듯할 것이다. 붓꽃을 한동안 멍하니 바라보다가 나그네 바쁜 길을 재촉한다. 그가 대지에 뿌리를 박고 대를 이으며 사는 한, 내 영혼은 계속 그 자리에서 쉽게 떠나지 못할 것이다.

꽃비

　사람들은 나를 벚꽃이라 부릅니다. 나는 산이나 들을 가리지 않고 둥지를 틀어 뿌리를 내립니다. 유달리 군락지로서 이름있는 곳은 창원시 진해, 섬진강 쌍계사 계곡, 여의도 윤중로 등을 들 수 있습니다.

　겨우내 땅 밑으로 군불을 지펴 얼어붙은 대지를 녹입니다. 늦겨울과 이른 봄을 지나면서부터 뿌리마다 물을 길어 올려 꽃 피울 준비를 합니다. 삼월 말이나 사월 초가 되면 분홍색이나 흰색의 꽃을 화사하게 피웁니다. 마치 봉오리는 솜사탕 같기도 하고 꽃은 팝콘을 흩뿌렸다는 말을 듣기도 합니다. 봄바람이 옆구리를 간질이면 순백이나 연분홍의 찰랑대는 물결로 인간들의 혼을 빼앗곤 하지요. 우리 꽃의 특색 중의 하나가 십일 정도 활짝 피었다가 한꺼번에 져버리는 겁니다. 그 순간을 위해 몸살을 앓도록 모든 열정을 바칩니다. 꽃이 필 때는 봄꽃의 여왕이라는 칭송을 듣습니다. 사람들이 축제를 열면서 꽃길마다 인파로 넘쳐납니다. 그야말로 며칠간이지만 사람과 껴안으면서 연인과 같이 짜릿하고 달콤한 시간을 보내게 됩니다.

　올해 봄은 유난히도 일찍 다가왔습니다. 그만큼 개화 준비 기간이 짧아 바쁜 시간을 보냈습니다. 꽃을 피우기 위해 온갖 어려움을 참는 것은, 사람들로부터 오로지 머리를 쓰다듬고 볼에 뽀뽀까지 받는, 진정 나를 알아주는 희열이 있기 때문입니다. 무릇 꽃이란 향기와 자태에 유혹되어 벌, 나비가 많이 찾아주어야 기쁘고 보람을 느낍니다. 매년 그런 꿈을 가지고 인내로 봄을 손꼽아 기다려왔습니다.

최근에는 이게 웬일입니까. 꿈에도 잊지 못했던 연인이라고 할 수 있는 사람들을 만나기가 어려웠습니다. 예년같이 벚꽃놀이한다고 밤낮없이 오가며 입 맞추어 줄 짝꿍이 없었습니다. 그림자조차 보기 힘든 나날을 보냈습니다. 그놈의 코로나바이러스인가 하는 녀석 때문에 사람들이 집에 갇혀버린 겁니다. 사랑하는 이가 콘크리트 감옥에서 귀양살이한 거지요. 일 년을 목 빼고 기다린 기대가 물거품이 되니, 하염없이 나오는 눈물을 억누를 수 없습니다. 생각하면 인간들도 갇힌 방에서 꼼짝 못 하고 벽만 바라보며 수양하느라고 고생이 많았겠지만요. 유배 생활이 그렇게 길어질지 몰랐습니다. 당초에 며칠 지나면 사랑하는 이를 만나볼 수 있으려니 하는 꿈은 산산조각이 났습니다. 코로나바이러스가 원수 같았습니다. 우린 꽃 피운 지 십여 일이 지나면 가차 없이 삶을 마쳐야 합니다. 누구도 그 운명을 거스를 수 없습니다.

우리의 자태를 한껏 뽐낼 수 있는 그 십여 일이 우리에겐 금쪽같은 기간입니다. 하루가 일 년 같은 소중한 날들입니다. 최근의 봄철은 허구한 날을 빛바랜 향기로 지낼 수밖에 없었습니다. 이름만의 꽃이지 진정 꽃이 아니었습니다. 차마 휴업이라는 팻말을 내걸고 대문을 걸어 잠글 수는 없었습니다. 꺼져가는 등불을 밝히며 홀로 지내기도 이골이 났습니다.

봄비가 옵니다. 바람이 붑니다. 이제 우리는 따뜻한 둥지를 떠나야 합니다. 사랑하는 이 얼굴도 못 본 채 떠나야 하는 미어지는 가슴을 아십니까. 우리가 나풀나풀하며 나무를 떠나 밑으로 떨어지는 모습은 백제의 삼천궁녀가 낙화암에서 백마강으로 몸 던지는 형상을 떠오르게 합니다. 너무나 사랑하는 사람을 두고 홀로 가는 발길이 떨어지지 않아 눈물이 방울방울 떨어집니다.

무심한 바람결에 그냥 휩쓸려 떠나 버릴까, 아니면 하염없이 내리는 봄비에 몸을 무턱대고 맡겨 버릴까. 흔적 없이 어디론가 정처 없이 가버리면 사람들은 나를 쉽게 잊어버리고 말겠죠. 생각에 생각을 더해 보았습니다. 말없이 떠나는 것만이 연인을 위한 참다운 사랑이 아니라는 걸 알았습니다. 행여 그들의 가슴이 멍으로 새까맣게 탈까 봐 애면글면했습니다.

석별의 자취라도 남기고 가렵니다. 차디찬 땅바닥이지만 눈물을 흘리며 그리움을 새긴 상사화相思花를 그들이 한번은 보아주기를 바랍니다. 봄 같지 않은 봄, 한나라 왕소군王昭君보다 내가 더 원한에 사무쳐 뒤돌아보고 또 뒤돌아보았습니다. 홀로 떠나기 싫어 얼마나 몸부림쳤는지 모릅니다. 내가 남긴 한 맺힌 다섯 장 꽃잎 자국들을 보면서 무엇인가 뭉클함을 느끼면 좋겠습니다. 당신들이 바라보는 상사화에서 우리의 열매를 맺는 싹을 틔워 주십시오. 그 임무가 바로 그대들의 몫입니다. 이 몸은 이승을 떠나지만, 사람들의 발에 밟혀서라도 내가 토해낸 피 울음을 당신들 가슴 한구석에 담아준다면 돌아서 가는 먼 발길이 가벼울 것입니다.

백일홍 연가

　7월엔 목백일홍꽃이 만개한다. 집 앞이나 길거리 등 가까이서 우리 곁을 지키고 있는 백일홍 나무가 평소에는 있는지 없는지 모를 때가 많다. 그러다가 7월이 되면 불쑥 나타나 나뭇가지마다 빨간 등불을 밝히며 오가는 길손을 유혹한다. 사람들이 발걸음을 멈추고 꽃에 도취하고, 입술을 대보고, 사진을 찍기도 한다. 무릇 나무와 화초는 꽃이 피어야 비로소 진가가 나타난다.

　백일홍 나무는 한국보다 미국의 북버지니아가 훨씬 많다. 혹한을 타는 식물이라서 겨울이 덜 추운 이곳 기후와도 관계가 있겠지만, 미국인들이 유난히 백일홍꽃을 좋아하기 때문이라고 생각한다. 집 안팎이나 정원 또는 도롯가에서 흔하게 볼 수 있는 게 배롱나무이다. 한국에서는 요즘 아파트 정원에 많이 심는 추세지만, 미국에서는 집을 나서면 색색의 꽃으로 치장한 나무를 수없이 볼 수 있었다. 두세 집 건너 한두 그루씩 정원수 역할을 톡톡히 하고 있었다. 지나가면서 볼수록 색깔이 고와 시선이 그쪽으로 꽂히기 일쑤였다.

　백일홍꽃을 뚫어지게 바라보면 수줍은지 꽃이 더 발그레해 보인다. 예쁘고, 정열적이고, 탐스럽다는 덕담을 건네지 않을 수 없다.

　백일홍 나무가 특이한 점은, 줄기의 껍질이 잘 벗겨지고 얇은 조각으로 떨어지면서 흰 무늬가 생긴다. 나무껍질을 손으로 긁으면 나뭇잎이 움직인다고 하여 간지럼 나무라고도 불린다. 정말 그런지 시험해 보고 싶은 생각이 났다. 산책하는 도중에 일부러 백일홍 나무에 다가가 줄기를 가만히 긁어보았다. 매끄럽고 부드러운 여인의 손을 만져보는 느낌이다. 굵은 가지는 별 반응이 없고, 가느다란 가지를 긁으니 정말 나뭇잎과 꽃들이 조금씩 춤을 추듯 나풀거린다. 손가락에 힘이 들어가서 흔들리는지, 아니면 선입감을 가지고 보아서 그런지, 간지럼 때문인지 분간하기 어렵다. 어쨌든 나와 나무가 마음이 통하고, 짜릿짜릿하게 전기까지 흐르고 있다는 생각이 든다.

백일홍꽃들을 보면 변신의 재주를 부렸는지 나무마다 특색을 가지고 있다. 빨간 구슬 덩이가 조랑조랑 매달려 있거나, 사랑이 가득 담긴 복주머니들의 춤사위같이 보인다. 발갛게 물들인 솜사탕과 팝콘으로 무더위 계절을 장식한 크리스마스트리인가 하면, 더덕더덕 붙어있는 붉은 스카프나 손수건들의 군무 같이도 보인다. 분홍빛 아이스크림 부케를 안고 있는 칠월의 신부 같아 보인다. 가지마다 알알이 맺힌 자줏빛 포도송이는 입맛을 돋우기도 한다. 가끔 보이는 하얀 꽃은 사뿐히 내려앉은 눈송이거나 솜을 펼쳐놓은 목화밭이다. 이들 꽃을 보노라면 나무마다 다양한 색깔과 모습에 넋을 빼앗긴다.

우리나라에서는 백일홍 나무가 선비의 상징으로도 알려져 있다. 내가 이 꽃을 좋아하는 이유 중 하나이다. 이 꽃이 붉으므로 단심 丹心이나 일편단심一片丹心이란 말이 연상되는 건 나뿐일까, 절개의 표상인 정몽주의 단심가丹心歌도 떠오른다. 백일홍의 일편단심은 무엇이고 누구를 향한 절개일까. 백일홍의 곧게 뻗은 줄기와 꽃에서 지조와 의리의 선비정신을 배웠으면 좋겠다. 물질이 최고 가치인 시류에 절대로 물들지 않는 덕목과 지혜가 필요한 시대이기 때문이다.

　나무나 화초 등 식물이 다 그렇듯이 봄이나 여름철 한때 꽃을 피우기 위해 일 년을 준비하며 기다린다. 그리고 모든 열정을 다해 꽃을 피워올린다. 몸살이나 열병이라도 앓은 흔적처럼 나무줄기와 잎이 푸석푸석해 보일 때도 있다. 백일홍 나무도 그렇게 목을 길게 빼고 한 해를 참고 기다렸는지 모른다. 그동안 오가는 사람들과는 그냥 지나치든지 눈길만 스쳤을 뿐, 가슴 열고 안아보는 끈끈한 정이 없었을 게다. 꽃엔 벌, 나비가 님이듯이 저 백일홍은 오가는 사람의 사랑을 담뿍 받으니 연인이 바로 사람이 아닌가. 칠, 팔월 한여름철을 기다린 것처럼 사람들 실루엣이라도 아른거리면 손을 잡아끄는 이유를 알만하다. 하룻밤을 눈물로 지새워 보면 외로움을 안다. 그는 일 년 동안이나 일각을 여삼추 같이 임을 그리워하며 세월을 보냈을 터이다. 가슴이 휑하여 사람을 보고 싶은 마음이 어떠했을까 짐작이 간다.

　배롱나무가 한여름이 시작되면 화려하게 치장한 후, 우듬지에서 아래 가지까지 켜켜이 등불을 매달고 손님 맞을 준비를 한다. 나무에 목말 탄 붉은 풍선은 흥에 겨워 나풀거리며 잔치 분위기를 띄운다. 이럴 때 능소화가 옆에서 나팔을 불며 추임새를 넣어주면 제격이다. 백일홍은 오랜만에 사람을 만나 서로 얼싸안고 밤낮으로 한바탕 춤 잔치라도 벌이고 싶은 게다. 꽃피는 여름철을 임과 함께 다정하게 보내고 싶은 거다. 더위와 함께 지내다가 꽃이 질 때가 오면 열매다운 열매를 바라겠지. 사람의 그림자라도 착상着床이 되는 결실의 꿈을 꿀 거야. 근래에 코로나바이러스라는 뜻하지 않은

훼방꾼을 만나긴 했어도 그의 욕심까지 꺾지는 못할 것이다. 꽃을 피우는 정성은 예년보다 조금도 모자람이 없다. 오히려 얼굴과 입술은 더 불그레하게 화장하고, 곱슬머리를 한 번 더 지지고, 초록이 줄줄 흐르는 치마를 두르니 한결 멋이 있어 보인다.

백일홍 나무는 꽃을 피우고 또 피우고, 더위쯤이야 아랑곳하지 않는다. 지글거리는 뙤약볕을 밑거름 삼아 면역력을 키웠나 보다. 제철을 만난 백일홍이 빨간 페인트로 허공에 붉은 씨를 점점이 뿌리고 있다. 대지를 붉게 물들이고 있다.

봄답지 않은 봄

　대한 추위가 제법 세력을 떨치고 있던 지난 겨울이었다. 내가 사는 근처의 근린공원을 산책하고 있는데 길섶에서 노란 튤립 모양의 꽃 무더기가 여러 개 보였다. 반갑기도 하고 한편으론 엄동설한에 웬 꽃인가 싶어 가까이 다가가 보았다. 길옆에 누가 조화造花를 심어 놓아 보는 이로 하여금 마음을 훈훈하게 만들어 주고 있었다.

　만든 꽃이면 어떻고 향기가 없는 꽃이면 어떠한가. 오가는 손님의 언 가슴을 녹여주면 그것으로써 족하다 싶었다. 많은 사람의 가슴을 따뜻하게 만든 그 조화를 보면서 누군가의 조그만 정성이 갸륵해 보였다.

　봄이 다시 돌아왔다. 겨우내 움츠렸던 나무가 기지개를 켜고 온 힘을 쏟아 꽃을 피우기 시작한다. 가까운 주변에서 개나리, 진달래, 벚꽃 등이 흐드러지게 피어있음을 보면 사람들은 그 아름다움과 향기에 취한다.

　진달래가 만발하고 벚꽃이 활짝 웃고 있는 산과 들 그리고 도로변에는 수많은 상춘객이 몰려든다. 무거운 삶의 짐을 잠시 내려놓고, 꽃을 보기 위해 밖으로 뛰어나가고 싶은 충동은 누구나 마찬가지이리라.

　이런 꽃놀이로 야단을 떨 때마다 한편으로 생각나는 시詩가 있다. 한漢나라 원제元帝 때, 북방 오랑캐 나라로 떠나는 왕소군王昭君의 불운한 처지를 노래한 '춘래불사춘春來不似春'이라는 시 구절이다.

전한前漢 말기, 절세미인 왕소군은 세력이 강한 북쪽 변방의 흉노족인 왕(선우)에게 억울하게 시집가게 되었다. 당나라 시인 동방규東方虯가 '소군원昭君怨'이라는 시를 통해 그녀의 슬픈 운명을 이렇게 위로했다.

> 호지무화초(胡地無花草) 오랑캐 땅에는 꽃과 풀이 없으니
> 춘래불사춘(春來不似春) 봄이 와도 봄이 온 것 같지 않구나
> 자연의대완(自然衣帶緩) 저절로 옷의 띠가 느슨해지니
> 비시위요신(非是爲腰身) 이것은 허리 때문이 아니라네

전한의 원제 시대는 지금으로부터 약 2천 년 전의 일이다. 그 옛날이나 지금이나 인간의 사는 모습은 비슷한 점이 너무 많다.

뇌물이 오가고, 정략결혼을 하고, 갑과 을이 있고, 봄이 와도 진정 봄을 느끼지 못하는 사람이 있는 것도 지금 세상과 같다. 문화가 발달하고 문명의 이기가 개발되고 종교가 널리 퍼져도 사람을 괴롭히는 어둠 세력은 크게 달라진 게 없는 듯하다.

왕소군은 화공畵工에게 뇌물을 바치지 않아 얼굴이 추하게 그려지게 되었고 결국 흉노 왕과 정략결혼을 하는 제물이 되었다. 그녀가 뇌물을 주지 않은 이유가 미모에 자신이 있었든 임금을 믿고 있었든 가난 때문인지 아니면 뇌물을 싫어했기 때문인지 알 수는 없다.

중국의 4대 미녀로 꼽히는 그녀가, 조국을 뒤돌아보면서 차마 떨어지지 않는 발걸음으로 북방 오랑캐 땅으로 갔을 것임은 분명하다. 다른 후궁들과 같이 뇌물을 주었으면 무사했을 텐데 뇌물을 주지 않았던 그녀를 누가 욕할 수 있겠는가. 오히려 돈과 권력으로 세상을 주무르는 세태를 탓해야 하지 않을까.

봄이 왔으나 봄 같지 않은 봄이라는 생각은 왕소군뿐만이 아니다. 꽃놀이의 축제 그늘 속에서 남몰래 눈물을 훔치고 있는 이웃이 널려 있다. 그들도 꽃구경 가고 싶겠지만, 어쩔 수 없이 봄 같지 않은 봄을 맞이하고 있다.

조선시대의 기생 매화도 시조에서 '춘설이 난분분하니 필동말동 하여라'라고 했다. 물론 시조를 지은 동기가 개인적인 연정과 신세타령으로 볼 수도 있지만 평탄치 않은 삶으로 인해 봄의 따뜻한 햇볕을 느끼지 못할 때 인용해도 좋은 표현이다.

우리 사회는 종종 뇌물 사건으로 시끄러운 게 사실이다. 왜 우리나라는 이런 일로 번번이 자유롭지 못할까. 대형 사고가 터졌다 하면 언제나 얽히고설킨 뇌물 구조가 도사리고 있고 그나마 주고받는 액수가 천문학적인 숫자여서 입이 벌어질 따름이다. 힘겹게 살아가고 있는 서민에게 맺히는 좌절감은 이만저만이 아니다. 그들의 부패 고리는 계층 간에 장벽이 쌓이고 위화감으로 인해 갈등이 증폭된다.

뇌물은 암세포로서 부패한 정치, 부패한 사회, 메마르고 비인간적인 사회를 만들고 있다. 사회와 나라를 지켜주는 제방을 무너뜨리는 틈새 역할을 하고 있음을 부인할 수 없다. 돈과 권력으로도 안 되는 것은 안 되는 기본과 원칙이 서는 사회가 아쉬울 뿐이다.

모래 위의 지은 집처럼 기반이 약한 곳에 치장한 장식은 바람이 조금 불어도 무너지게 마련이다. 기초가 튼튼하고, 법이 바로 서는 나라에서 살고 싶다. 우리들의 가슴에 진정한 봄이 온 것 같지 않다. 우리에게 봄 같은 봄은 언제나 올 것인가.

부부 여행의 긴 그림자

여행은 가슴을 설레게 만든다.

해외여행은 더욱 그렇다. 모자를 비스듬하게 쓰고 색안경을 걸치고 조금은 무게도 잡아보고 싶다. 무엇보다 일상의 굴레에서 벗어난 여유를 마음껏 누리고 싶어진다.

몇 년 전, 10여 일의 일정으로 발칸반도와 동유럽 나라를 다녀왔다. 우리 부부, 여동생, 남동생 내외의 6명이 동행한 여행이다. 우리 삼 남매 부부는 가끔 외국 여행을 같이 다녔다. 머리도 식히고 남매간, 동서 간, 시누이올케 간의 사이도 돈독해지기 위해서다.

비수기의 패키지 상품을 골라 비행기에 몸을 실었다. 달뜬 가슴으로 인천공항을 떠나 독일 프랑크푸르트에 내렸다. 가이드의 인솔 아래 일행이 모이니 31명이었다. 이 중에 남자는 우리 팀의 3명뿐이고 전부 여자였다. 어디 가나 여성 시대임을 그곳에서도 실감했다. 나이로 보아 나는 연장자에 속했다. 남자의 희소가치를 누릴 수 있을까, 아니면 아내에게 신경 써야 하는 피곤한 여행이 될까, 기대 반 우려 반이었다.

그 전에 인도네시아 발리로 우리 부부가 여행 갔을 때 일이다. 일행 중에 딸과 어머니가 같이 온 사람이 있었다. 관광을 며칠 함께 다니다 보니, 자연히 그들과 어울리려 대화가 오갔다. 혼자된 어머니를 딸이 칠순 기념으로 모시고 왔다고 했다. 나이가 지긋한 그 아주머니는 사진을 찍을 때면 나에게 부탁했다. 어려운 사람의 부탁이니 안 들어 줄 수가 없었다. 그 아주머니는 칠부바지에 구멍이 숭숭 난 옷으로 멋을 부렸다. 난 생각지 않은 그녀의 사진사가 된 셈이었다. 우리와 같은 일행이므로 가끔 다른 여인에게 셔터를 눌러주는 것쯤이야 아내가 이해할 줄 알았다.

그게 아니었다. 갑자기 분위기가 어색해지면서 그쪽 딸은 어머니 눈치를 보고, 아내는 날 보는 눈매가 예사롭지 않았다. 염치가 없다고 할까. 그 아주머니는 딸보다 내게 자주 카메라를 내밀었고 나는 거절하지 못했다. 사진 찍는 기술이 나보다 아내가 뒤떨어지니 대신 찍어주라고 하기도 어려웠다. 사진을 찍어주는 횟수가 늘어나자 마침내 아내는 나보고 일갈했다.

"사진 찍어주지 마, 지금 누구와 여행 왔어?"

아내는 따지듯 말했지만, 나는 얼버무릴 수밖에 없었다. 그 이후로 조금은 서먹서먹한 여행이 되고 말았다.

이런 과거 때문에 혹시 이번 여행에도 나보고 사진 찍어달라고 부탁하는 여자가 있으면 어쩌나, 속이 은근히 켕기기도 하였다. 그런 일은 일어나지 않아 다행이었다.

독일 남서부를 거쳐 오스트리아 잘츠부르크를 관광할 때였다. 일행 간에는 서로 말이 트이는 사이가 되었다. 남자가 셋뿐이라 다른 팀 여자에게 넌지시 물어보았다.

"부부가 왜 같이 오지 않았습니까?"

"남편은 돈 벌어야죠."

의외의 퉁명스러운 대답이었다. 남자는 돈 버는 일이 당연하고 여자는 여행 다니는 것이 당연한 말처럼 들렸다.

"그럼, 여기 여행 온 남자는 행복한 사람이네."

내가 말을 받자, 기다렸다는 듯이 아내가 대꾸했다.

"행복한 게 아니라 별 볼 일 없는 남자지."

그 말이 틀린 말은 아니라고 생각했다. 난 직장에서 정년퇴직한 신분이 아닌가. 아내는 남편의 돈으로 여행 왔다는 고마움은 쉽게 잊어버리거나 당연한 일이라고 생각했을 수 있다. 아내는 여자 일행이 많아 신경이 곤두섰을지도 모른다는 생각이 들었다. 가슴이 싸했지만, 알프스 산록의 신선한 공기를 들이켜며 아무 일 없는 듯 여행을 계속했다.

발칸반도 서부 해안을 거쳐 크로아티아 수도 자그레브로 가는 버스 여정은 지루했다. 헝가리 부다페스트를 지나 빈으로 향하는 평원도 피로를 몰고 왔다. 이럴 때 가이드는 잽싸게 웃기는 얘기로 너스레를 떨거나, 한국에서 가져온 시디(CD)를 틀어주며 여행객의 무료함을 달래주었다. 가이드의 난센스 퀴즈나 농담에 내가 끼어들면 아내는 옆구리를 찔렀다. 노인은 입 다물고 가만히 있으라고 했다. 젊은이들이 흉을 본다고 했다. 젊은이래야 사, 오십 대인데 아내는 몹시 신경이 쓰이는 것 같았다. 나 역시 벌써 노인 측으로 강제 편입되는 것 같아 가슴 한편이 시려오기도 했다.

버스 안에서 가이드가 틀어준 시디는 베토벤의 일대기 영화였다. 인간 베토벤을 이해하는 데 많은 도움이 되었다. 두 시간 남짓한 영화를 보고 나서 옆자리의 아내에게 말을 건넸다.

"역시 고통이란 희생으로 천재는 영감을 얻는 거야. 99%의 불우한 삶과 1%의 영감을 바꾸는 거지."

"그러니까 결혼도 못 하고 사생활은 엉망진창이잖아. 가정이란 행복도 모르고. 그게 사람 사는 거야? 어느 여자가 저런 괴팍한 남자한테 붙어있겠어."

　베토벤의 굴곡진 삶을 이해하려는 남편과 가장으로서 낙제점으로 보는 아내와는 평행선이었다. 아내와의 간격을 없애고 싶었지만 잘되지 않았다.

　부부 사이는 가치관이나 사고방식은 물론, 일상의 조그만 일에서도 의견 차이가 생기기 쉽다. 서로 다툴까 봐 여행을 같이 안 가는 부부도 있다. 하루이틀도 아닌 10여 일 여행을 다니면서 내외간에 사이가 벌어지면 둘 다 피곤해진다. 그래도 나이 들어가면서는 한쪽이 자제하고 난관을 극복하는 슬기가 있어서인지 부부 여행자가 늘어나는 현실이 다행으로 보인다. 여행 후반기에는 나도 말수를 줄이고 조심해졌다. 긴장을 늦추지 않는 여행이었다. 남자의 희소가치로 인해 대우받는 일은 별로 없어 보였다. 화장실 사정이 좋지 않은 동유럽에서 여자와는 달리, 남자 화장실 앞에 줄 서는 일을 빼고는.

　부부라는 단단한 고리가 두 사람의 틈새를 이어줬다. 고비가 있으면 이를 넘기면서 유종의 미를 거두는 여행이 되도록 신경을 썼다. 10여 일의 짧지 않은 여행이 아내는 싫지 않아 보였다. 아니면 별 탈 없이 마친 안도감에서 나온 콧소리였을까. 귀국하는 비행기 속에서 가벼운 목소리로 내게 넌지시 물었다.

　"우리 다음엔 어디 여행 갈까?"

나설 때와 물러설 때

코로나바이러스로 인한 사회적 거리 두기가 몇 개월째 지속되고 있다. 아들과 손자 둘을 돌보며 집안일을 도와주는 바쁜 틈에서 스마트폰은 유감없이 심심풀이 효자 역할을 한다. 문명 이기의 혜택을 톡톡히 보고 있다고 할 수 있다. 집콕 기간이 길어지면서 핸드폰 덕분에 무료한 틈바구니를 메우기가 쉬워졌다. 요즘 마누라 없이 살아도 스마트폰 없인 못 산다면 지나친 표현일까.

스마트폰에서 내가 즐겨보는 분야는 '카톡'과 '유튜브'다. 뉴스를 보고, 다양한 정보와 안부를 주고받고, 오락으로 피로를 잊기도 한다. 최근에 본 카톡방 내용 중에서 '한 번도 경험하지 않은 세상'이란 동영상이 있다. 지인이 보내주었는데, 제목부터가 호기심을 자극하기에 충분하다. 짐작이 빗나가긴 했지만, 내용인즉 지하철에서 노인과 젊은이 간에 벌어진 다툼에 관한 얘기로서 사회문제가 될 만하다.

첫째 사연은 노파와 여학생이, 둘째 사연은 청년과 노인이 언쟁하는 장면이다. 옆자리에 나란히 앉은 이들의 시비는 여학생이나 청년이 큰 소리로 전화하는 데서 비롯된다. 바로 옆에 앉은 노인이 참다못해 시끄럽다고 조용히 해달라고 점잖게 부탁한다. 젊은이들은 왜 불만이냐, 내가 뭘 잘못했느냐고 소리를 지르면서 노인을 오히려 윽박지른다. 노인은 듣기 싫으면 내리라는 수모를 당하면서 서로 언성을 높이며 싸우지도 못하고 난감해한다. 어른과 청년의 위상이 뒤바뀐 현대판 지하철 풍자극을 보는 기분이다.

이 동영상은 실제로 있었던 사건을 영상으로 재구성했고, 중국 방송에서도 보도가 됐다고 한다. 요즘 젊은이들이 예의가 부족하고, 독선적인 행동 때문에 우리 주변에서 눈살을 찌푸리는 경우가 자주 있다. 가정에서 자녀를 귀하고 곱게만 길러 이런 현상이 일어나지 않나 싶다. 무엇보다 중요한 인성교육을 집이나 학교 어디에서도 가르치지 않은 결과이리라.

카톡의 동영상을 본 후 나의 고민은 시작되었다. 지하철 현장에서 그런 광경을 목격했다면 어떤 행동을 취했을까 생각해 본다. 나도 모른 척하는 대열에 끼어 있을까, 아니면 일어나서 젊은 사람에게 야단을 쳤을까. 요즘 젊은이가 노인에 대해 대접은 고사하고, NO인(사람이 아님) 이라고 외면하고, 사람 취급도 하지 않으려는 풍조가 있다고 한다. 실례로, 어느 청년이 노인에게 담뱃불을 빌려달라는 부탁을 했고, 노인이 건방지다고 나무랐다가 뺨을 맞았다는 일화도 있다.

나이가 들면 무리에서 밀려나 소외당해도 그러려니 하고 사는 게 지혜라는 말을 자주 듣는다. 매사에 너무 나서는 행동을 삼가라고 한다. 늙음이 죄가 아닌데 왜 노인은 따돌림을 받거나 껍데기 취급을 받아야 하는지 안타깝다. 나도 지하철 사건 때 현장에 있었다면, 젊은이에게 망신당하기 싫어 눈감고 팔짱을 낀 채 치미는 부아를 삭였을지 모른다.

다른 한편으로는 아니다, 정의가 무엇인가. 힘없고 약한 자를 도와주지 못하거나, 불의와 사악한 것을 보고 가만히 있다면 그들과 다른 점이 무엇이랴. 정의와 양심이란 두 기둥이 몸을 움직이

게 만들었을 수 있다. 그 못된 젊은이를 향해서 일갈했어야 직성
이 풀릴 수도 있었을 게다.

지하철 소란 시, 가만히 있었으면 마음이 불편했을 것이고, 내
가 나섰다고 일이 잘 마무리되었을 거라는 보장이 없다. 오히려
볼썽사나운 일에 섣불리 간여했다가 젊은이에게 봉변만 당하고,
거칠게 싸움도 하지 못한 채 그냥 물러났을 수도 있다.

스마트폰의 동영상을 보고 나니 머리가 복잡하고 답답하다. 내
가 어느 한쪽의 손을 들어주면 간편하겠지만 쉽게 답이 나오지 않
는 문제다. 번민 없이 간편한 삶을 살기 위한 해법이 새삼 어렵게
느껴진다. 어느 편인가 나의 행동은 하나를 택했겠지만, 결과는
둘 다 마음이 무거웠을 것이다. 양쪽 모두 일리가 있기 때문이다.
무엇이 지혜롭고 최선의 삶인지 가늠하기 어려울 때가 이런 경우
가 아닐까.
　현실이거나, 가상이거나 카톡의 동영상과 같은 불편한 날이 오
지 않기를 바랄 뿐이다.

뱁새의 외도

　숫 뻐꾸기와 뱁새 암컷이 눈이 맞았다. 마침내 뱁새 암컷이 그의 씨를 잉태하게 되었다. 새 생명의 출생에 대한 기대로 뱁새 암놈은 밤잠을 설칠 지경이었다. 뱁새 수컷도 아내와 입을 맞추기도 하고 춤을 추면서 즐거워했다. 뱁새 부부는 숲속의 관목 위에 지푸라기나 풀이삭을 물어다가 거미줄로 단단히 엮어서 동그랗게 둥지를 틀었다.

　뱁새가 둥우리에 푸르스름한 세 개의 알을 낳았다. 뱁새 보금자리에는 당초에 세 개의 뻐꾸기알만 있었는지, 아니면 그들 부부의 알이 더 있었는지 얘기를 하지 않아 알 수가 없다, 그 부부 알이 더 있었는데 누군가 집 밖으로 떨어뜨려 죽였는지에 대해서도 암컷은 입을 뻥끗도 하지 않는다.

　알을 품고 마침내 부화하자 뱁새 부부는 먹이도 물어다 먹이고, 바람이 불면 날아갈까 품으로 새끼를 보듬으며 애지중지 키웠다. 새끼들은 부모가 잡아다 주는 곤충을 받아먹으며 잘 자랐다. 나중에 뱁새 수컷은 커가는 새끼들을 보고는 눈이 휘둥그레졌다. 자라나는 새끼가 자기들보다 덩치가 클 뿐만 아니라 색깔과 외모도 다르다고 느꼈기 때문이다. 결국 세 마리 새끼 모두가 자기를 닮지 않은 뻐꾸기임을 알았다. 뱁새 암놈은 남편이 이 사실을 아는지 모르는지 자기 새끼라고 정성을 다해 기르기만 했다.

숫 뻐꾸기는 뱁새 집 주위를 날면서 뻐꾹뻐꾹 소리를 내며 내 새끼 잘 크냐고 뱁새 암컷과 내통을 한다. 뱁새 수놈은 아내의 배신에 이를 갈았다. 둥지를 뛰쳐나와 허공을 헤매며 방황하기도 했다. '뻐꾸기 수놈, 어디 나타나기라도 해봐라.' 하면서 물어뜯을 것처럼 주둥이를 앞세우며 돌아다녔다. 그러나 숫 뻐꾸기가 나타나면 재빨리 도망가는 그를 매번 놓치며 허탕만 쳤다. 뱁새 수컷은 이혼을 심각하게 고려 중이다. 우선 친자확인 검사와 함께 상간남에게 손해배상 소송을 준비하고 있다.

뻐꾸기 새끼가 집에서 나와도 될 정도로 자랐다. 그들은 자신들의 처지를 알아차리고 아빠의 핏줄과 엄마가 키워 준 사랑 사이에서 번민했을 법하다. 숫 뻐꾸기, 뱁새 엄마와 아빠의 삼각관계 속에서 누구를 따라야 할지 혼란스러웠을 것이다. 그들이 자라게 되면 뻐꾸기나 뱁새 부부의 운명을 그대로 밟게 될 것을 아는지 모르는지 겉으로는 내색하지 않는다. 오로지 그들의 안전한 비행을 위해 날갯짓 운동만 일삼고 있다. 얼마 후 날개가 자란 새끼들은 훌훌 둥지를 떠날 것이다. 뱁새 부부도 아무 일 없었다는 듯이 그들 무리를 향해 미련 없이 보금자리를 떠날 것이다. 부부 인연은 지나간 일이고 각자의 세계로 다시 돌아갈 것이다. 덩그러니 빈 둥지만 나무 위에 남겨져 지나간 추억을 되새기고 있을 거다.
뻐꾸기 소리가 뻐꾹뻐꾹, 울음인지 짝을 찾고 있는지 아니면 뱁새를 찾는 신호인지 허공을 가른다.

다섯 번의 고비와 변신

8월 중순경, 도시의 그림자라곤 보이지 않는 어느 시골의 척박한 땅에 좁쌀 같은 나의 씨가 내동댕이치듯 뿌려졌다. 두툼하게 솟은 밭두둑이 평생을 살아갈 새 보금자리였다. 주위는 온통 흙으로 덮인 감옥 같았고, 광산 막장에 매몰된 광부 같기도 하여 세상 밖으로 나가는 일은 꿈도 꾸지 못했다. 그동안 마른장마가 계속되어 푸석푸석한 땅에서 그대로 말라 죽는 줄 알았다. 여기서 삶을 마치는 게 아닌가 체념까지 했다. 씨앗의 단단한 껍데기를 깨고 분신인 싹이 세상 밖으로 나올 수만 있다면 더 바랄 것이 없었다.

하늘에서 비라도 내려주면 목마름이 해소되고 숨이라도 크게 쉴 수 있을 텐데, 비가 한줄기도 내리지 않았다. 그래도 밤마다 맺히는 이슬을 한 방울, 두 방울 모아 삼키며 그런대로 연명할 수 있었다. 새벽에는 기온이 내려갈까 봐 더욱 몸을 웅크리면서 싹이 나오는 온도를 맞추었다.

정성이 하늘에 닿았는지, 며칠 후 씨앗에서 무엇보다 소중한 새싹이 머리를 들고 세상 밖으로 나왔다. 마치 아기가 어머니 자궁에서 나와 첫울음을 토하는 새 생명 같았다. 흥분이 채 가라앉기 전에 두 잎새가 솟아났고 얼마 안 되어 잎이 네댓 장까지 자랐다. 주위를 둘러보니 나와 같은 동료들이 옹기종기 모여 밭떼기를 연두색으로 색칠하고 있었다.

그날부터 날 돌보는 주인의 잰걸음이 시작되었다. 종일 밭에서 지내는 날도 있었다. 따사한 가을 햇볕은 하루가 다르게 키워 주었다. 유년기가 지나자 어디선가 벌레가 득달같이 달려들어 나를 갉아 먹으려 했고, 진딧물은 아귀차게 덤비며 피를 빨곤 했다. 몇몇 동료 중엔 삶을 접어야 하는 희생자가 나왔다. 주인은 독한 농약으로 그들을 쫓아냈고, 그때마다 구역질을 참느라고 혼이 났다.

빗물과 거름도 나의 성장에 도움을 주었으나 결코 좋은 일만 있지 않았다. 동료 중 더러는 주인이 '솎음'이라는 이름으로, 또는 '무름병'이란 불치병에 걸려 통째로 뽑히기도 하였다. 천둥과 번개에 놀라 여린 몸을 움츠린 일이 한두 번이 아니고, 가끔 몸의 일부인 잎새를 벌레의 회식에 뺏기기도 했다. 그럴 땐 모두가 자라기 위한 팔자려니 체념할 수밖에 없었다.

주인의 발자국 소리를 들으며 크는 우리다. 그 발걸음이 가까이 다가와서 김을 매주고, 잡풀을 뽑아주고, 병충해를 막아주고, 목마름을 해결해주고, 성장을 위한 보약을 주기도 하였다. 하지만 때로는 몸과 몸이 서로 부딪치면서 뽑혀버리는 대상이 되지 않을지, 수시로 칼날을 겨누고 있는 병충해로부터 습격을 당하지는 않을지 두려움이 교차하기도 했다. 주인 어른의 살뜰한 보살핌으로 건조하거나 습한 것을 싫어하는 나의 까칠한 성격을 잘도 맞춰주었고, 해충의 날쌘 공격도 막아주는 등 제대로 사랑을 듬뿍 받으며 큰 탈 없이 자랄 수 있었으니 다행이라고 해야겠다.

계절이 쌀쌀한 늦가을로 접어들면서 제법 어른스러운 면모를 갖추었다. 높고 푸른 하늘은 우리를 살찌게 했다. 겉은 겹겹이 초록색 주름치마를 두르고 속은 하얗고 부드러운 내의를 두둑이 껴입었다. 주인은 드럼통 같은 내 허리를 지푸라기로 동여매면서 신이 나는 모양이다. 뚱뚱해진 몸에다 아무렇게나 허리띠를 두른 모습이 조금은 우스꽝스럽고 촌스러워서 우리끼리 피식 웃기도 했다.

그러던 어느 날 거간꾼이 찾아오고 우리를 두고 주인과 흥정이 벌어졌다.

'그놈 고갱이가 아주 좋구먼. 배추 농사 하나는 잘 지었어. 값을 비싸게 쳐줄 테니 나에게 밭떼기로 넘기게'. 이런 소리가 들리면 어깨가 으쓱해지는 게 아니라 이제 우리의 목숨이 다했나 하는 생각이 들었다. 우리를 알뜰살뜰 보살펴준 대가가 결국 돈으로 맞바꾸고 있음을 알았다.

11월이 한참 지나 된서리가 대지를 덮은 날, 나의 몸이 송두리째 뽑히면서 이제 밭에서의 삶을 마감하는 때가 되었다. 어차피 한번 닥칠 숙명이라고 예상했지만, 마음이 착잡했다. 마지막 영구차 같은 트럭에 관도 없이 켜켜이 실려 가 시장이라는 곳에서 어느 아주머니에게 넘겨지는 신세가 되었다. 사람들이 우리를 데려가 김장을 하기 위해서란다. 몇십 명되는 동료와 함께 새로운 주인집으로 끌려가는 신세가 되었다. 배추라는 이름은 수명을 다하고, 대신 김치가 되기 위해서 여러 번 험준한 산을 넘어야 하는 고생을 해야 했다. 우리는 이를 '다섯 번의 고비와 다섯 번의 변신'이라고 부른다.

첫 번째는 밭에서 뽑힐 때이다. 태연하려고 애쓰지만, 갈 때를 알고 순종하는 모습이 아름답게 보일지 궁금하다.

두 번째는 몸을 사 등분으로 가를 때이다. 몸통이 잘리는 고통도 있었지만 두꺼운 옷 속에 감추어진 속살을 드러내 참다운 내 모습을 보여주는 긍지도 있다.

세 번째는 소금을 뒤집어쓰고 절일 때이다. 뻣뻣해진 몸이 물기를 먹으며 소금과 함께 어울려서 부드럽고 온유한 몸을 만드는 과정이다. 김치로의 변신을 위해 고문을 당하는 기분이다. 타고난 억센 체질의 허물을 벗고 주위와 화합하며 부드럽게 사는 지혜를 배운다.

네 번째는 온몸을 젓갈과 양념으로 버무릴 때이다. 짜디짠 젓갈에다 고추, 마늘, 파, 생강 등으로 맵고 아리게 비벼진 시뻘건 양념을 뒤집어써야 한다. 용광로에서 혹독한 시련과 고통으로 단련되어야 새로운 제품이 태어나듯이 김치란 이름의 상큼한 음식으로 거듭나기를 바랄 뿐이다.

다섯 번째는 김칫독에 담겨 땅에 묻히거나 김치냉장고에 갇힐 때 비로소 성숙한 몸이 될 수 있다. 이때 벽만 바라보는 수도승같이 참고 견디며 발효라는 수양을 쌓는다.

김장은 손으로 버무려야 제맛이 난다는 둥 아낙네들의 수다를 들으며 배추에서 탈바꿈을 거듭한다. 고관대작으로부터 서민에 이르기까지 대중적인 반찬으로서 모든 사람의 사랑을 받게 되는 김치로 다시 태어난다. 지난날 고생은 추억과 운명으로 받아들인다.

나는 주위 환경의 소용돌이나 위태로운 변화에 저항하지 않았다. 다섯 번의 죽음과 같은 시련을 겪으면서도 언제나 순응했음을 가슴 뿌듯하게 생각하고 있다. 절망의 순간이 닥쳐도 포기하지 않고, 오히려 자신을 단련시키는 계기로 삼아 재도약을 시도했다. 현란한 불꽃놀이 뒤에는 자기 몸을 불사르는 고통이 숨어 있지 않은가.

땅거미가 지는 운명이라고 그렁그렁한 눈으로 슬퍼하지도 않았다. 결코 내리막길이 연거푸 닥쳐도 포기하지 않았다. 배추라는 이름을 버리고 다섯 차례의 변신을 거쳐 참된 자아로 승화시킨 김치가, 오로지 인간의 먹을거리 중에서 식탁의 중심이 된다는 자부심으로 살았다. 또 하나의 자긍심은 김치가 비타민과 무기질이 풍부하고, 젖산균에 의한 정장과 항암 작용을 하는 웰빙음식이라는 점이다. 한국을 뛰어넘어 세계를 향해 뻗어가는 한류 음식으로도 자리를 잡아가고 있는 일도 가슴이 벅차다.

3부

따뜻했던 옆자리

장애인은 누구일까.

정상인들에게 어떤 의미로 다가올까. 두 집단을 구분하는 경계와 한계는 어디까지인가. 지하철역에서 가끔 시위하는 기사를 접하고 장애인에 대해 다시 한번 생각해 보는 계기가 되었다. 그뿐만 아니라 얼마 전 지하철에서 발달장애인인 여자를 만나 이색적인 체험을 겪었다.

지하철에서 만났던 장애인은 헝클어진 머리칼에 말할 때면 얼굴이 일그러지고 말소리도 어눌했다. 옷차림은 허름하고 조잡스러웠다. 한눈에 정상인이 아님을 알 수 있었다. 나이가 20대 후반으로 보이는 여자인데 등에는 학생 가방을 메고 있었다.

안국역에서 지하철 3호선을 타고 오금 방향으로 서너 정거장을 지날 때였다. 나는 다행히 빈 좌석에 자리를 잡고 눈을 지그시 감고 있었다. 갑자기 차 안에서 시끄러운 소리가 났다. 지하철 안에 타고 있던 장애인이 뭐라고 했는지 바로 옆에 앉은 젊은 여자 승객 두 명이 비명을 지르며 도망가는 중이었다.

장애인은 다시 그 옆자리로 다가가 앉아 있는 여자 승객한테 같은 행동을 했다. 그녀도 괴상한 소리를 내며 놀란 표정으로 급히 달아났다. 지하철 내 수많은 승객의 시선이 자연히 그곳으로 쏠리게 되었다. 나는 그 장애인이 정신이상자여서 옆자리 승객한테 시비를 걸거나 행패를 부리는 줄 알았다.

그 장애인이 나의 한 자리 건너 옆까지 오게 되었다. 내 옆자리에 앉은 젊은 처녀 보고 또다시 입을 씰룩거리며 더듬거리는 말로 뭐라고 부탁했다. 가만히 귀를 기울여 들어보니 예상했던 그런 상황이 아니었다. 수학 문제집을 옆의 처녀에게 보여주고 연필을 주면서 가리키는 문제의 답을 종이에 적어달라는 요구였다. 장애인이 청탁하는 자세만은 진지해 보였다.

지하철의 달구어진 눈들이 내 옆의 처녀가 어떻게 행동하는지 주시하고 있었다. 젊은 처녀는 바로 전의 다른 여자들과는 달랐다. 자리를 지키면서 그 장애인의 요청을 들어주려는 성의를 보였다.

옆에서 어떤 문제인가 눈여겨보니 16단위의 아라비아 숫자를 적어놓고 십진법으로 읽는 답을 한글로 쓰는 문제였다. 옆의 처녀는 장애인의 요구가 무엇인지 파악을 못 했는지, 아니면 주위의 시선에 당황하였는지 쩔쩔매는 기색이 역력했다. 옆에서 보기에 딱해서 마지못해 문제를 설명해 주고 답을 이렇게 쓰면 된다고 일러주었다. 옆의 처녀는 종이와 연필을 나에게 주며 직접 답을 적어주란다. 내가 답을 써주려고 연필을 건네받으니 그 장애인이 나에게서 연필을 잽싸게 빼앗았다. 내가 가르쳐주는 건 싫은 모양이었다. 나는 좀 무안하기도 하여 겸연쩍게 웃을 수밖에 없었다. 주위 사람들도 따라서 웃었다. 장애인이 여자만 골라서 부탁하는 것을 보면 남자에게서 피해를 본 경험이 있거나, 남자한테는 근처에도 가지 말라는 교육을 철저히 받은 것 같다.

옆의 처녀는 연필을 다시 잡고 어쩔 줄 몰라 하기에, 내가 아라비아 숫자를 '일, 십, 백, 천, 만, 십만......' 이렇게 하나하나 읽으며 도와주었다. 16자리 숫자를 또박또박 소리 내면서 '칠천이백삼십육조 사천구백팔십오억......' 이렇게 적으면 된다고 말해주었다. 옆자리 처녀는 그대로 받아 적었고, 장애인은 그제야 환하게 웃으며 맞는다고 기뻐했다. 즐거워하는 모습을 보니 내 마음도 덩달아 가뿐해졌다.

한고비 넘는가 했더니 뒷장 문제도 가르쳐달라고 졸랐다. 그 문제는 일정 금액씩 숫자를 올려 적는 문제였다. '320억 4952만 - ( ) - ( ) - 350억 4952만'으로서, 괄호 속에 맞는 답을 써넣는 문제였다. 옆의 처녀는 또다시 우물쭈물하며 얼굴이 발개졌다. 나는 10억씩 올려 쓰면 된다고 답을 가르쳐주며 괄호 속에 맞는 숫자를 써넣도록 일러주었다.

장애인은 고맙다며 처녀에게 고개를 숙여 인사하고는 수학 문제집과 필기도구를 가방에 주섬주섬 집어넣었다. 그 책의 표지에는 '수학 문제집 4-1'이라고 쓰여 있었다. 그녀는 특수학교의 4학년생인 듯했다. 나에겐 고마운 생각이 있는지 없는지 눈길조차 주지 않았다. 그러면서 큰소리로 구시렁거리기를 '내가 사람 잡아먹나? 뭐가 무서워 도망가!' 얼굴을 찡그리며 마음먹은 듯한 말을 내뱉었다. 지하철이 교대역에 이르자, 장애인은 주저 없이 자리에서 일어나 지하철을 빠져나갔다. 걸음걸이는 그래도 안정되어 보였다. 그녀의 판단력은 생각보다 나쁘지 않다고 생각했다.

그녀가 왜 옆자리에 앉은 여자에게 수학 문제를 풀어달라고 했는지 자문해 보았다. 숙제인데 답을 모르거나, 미심쩍게 알면서 확인하고 싶어서인지, 본인이 이유를 말하지 않고 문제의 답만 적어달라고 요청하니 까닭을 알 수 없었다.

장애인을 접촉했던 두 그룹의 여인들을 비교해 보았다. 한 부류는 뱀이나 흉측한 벌레를 본 것처럼 화들짝 놀라 도망쳤고, 다른 한 명은 외면하지 않고 정성껏 가르쳐주려는 성의를 보였다. 만일 나에게 물어보았으면 어떤 태도를 보였을까. 물론 옆자리 처녀와 같이 장애인의 요구를 들어주었을 것이다. 나에겐 기회가 주어지지 않아 아쉬웠을 뿐이다.

사람들에게 왜 이런 차이가 날까. 장애인도 엄연히 인격을 가진 사람이다. 사회에서 소외되고 홀대받는 모습을 확인한 것 같아 씁쓸하였다. 왜 우리 사회는 장애인을 따뜻한 눈으로 대해주지 못할까. 외모가 삐뚤어진 장애인이 다가왔다고 소리 지르며 달아나기까지 해야 하는가 곱씹어 보았다. 겉모양만 보고 사람을 평가하는 사회를 다시 한번 보는 것 같았다. 천부인권은 장애인에겐 그림의 떡이었다. 지하철에서 만났던 장애인도 혹시 우리 사회에서 자기를 도와주는 따뜻한 인간이 있는지 확인하고 싶었는지 모른다.

핸드폰만 바라보며 지하철에 끌려가는 무표정한 군상 속에서 그래도 발달장애인을 감싸려는 여인이 하나라도 있었으니 다행이란 생각이 들었다. 아무도 도와주는 사람이 없었다면 그 장애인은 얼마나 서글펐을까. 황금만능이란 세상 풍조에 물들어 눈앞의 이익에만 매달리는 대부분의 사람과는 달리, 옆자리에서 따사한 온기를 느낄 수 있었다. 꽃에서 풍기는 아름다운 향기 같은 냄새였다. 지하철에서 내린 장애인이 냉혹한 사회와 싸우면서 좌절하지 않고 살기를 바랄 뿐이다.

장애인들이 정상인들을 바라보는 마음은 어떨까. 그들은 정상인들로부터 피해의식을 느끼며 살고 있는지 모른다. 주위의 냉대로 가슴이 헛헛하거나 싸늘하지는 않을까. 주위의 높은 장벽에 갇혀 우울증과 좌절감을 안고 살지는 않을까. 정상인 그 누구도 장애인이 될 가능성이 있다. 장애인들은 후천적인 요인이 많다고 한다. 심지어 사람이 늙으면 장애인이 된다는 말도 있지 않는가. 장애우

들이 마음 놓고 살 수 있는 터전을 닦아주는 일이 정상인들의 몫
이다.

모든 정상인이 시각장애인이 지팡이로 길을 더듬어 가고, 휠체
어를 타보는 장애인 체험을 해보면 좋겠다는 생각이 든다. 그러면
장애우들의 고통을 조금이라도 알 수 있으리라. 정상인들이 그들
의 고통과 등이 휘는 무거운 짐을 조금이라도 나누어 짊어진다면
사회는 좀 더 밝아질 것이다. 우리나라도 신체적이나 정신적인 장
애인들을 물심양면으로 보듬어 주고 그들이 안심하고 살 수 있는
사회가 빨리 오기를 간절히 바란다.

내비게이션에 꿈을 싣고

모처럼 한가한 시간에 거실 소파에 몸을 기대면서 반쯤 눈을 감고 있을 때였다. 느닷없이 주머니에서 '카톡' 소리가 나를 깨웠다. 누가 보낸 시시껄렁한 소식이겠지 대수롭지 않게 생각하며 무의식적으로 스마트폰을 꺼내 들었다.

'[택배 도착]' 웹 발신이라는 문자와 함께 내게 다가온 이 문자 메시지는 희미해진 정신을 가다듬게 했다. '이건 또 뭐야, 택배면 집으로 배달을 해줘야지, 온라인으로 물건이 왔다는 얘기야 뭐야.' 집까지 배달해 주는 택배만 겪다가 이런 문자를 받으니 이해가 되지 않았다. 그 밑에 적혀있는 '성동구립도서관 1번'과 '4자리 숫자'도 무슨 뜻인지 도무지 알 수가 없었다.

발신자 표기가 되어 있는 전화로 문의했다. 그쪽 대답이 '여성 안심택배'회사인데 지정된 물품 함으로 물건을 보내고 찾는 제도가 있다고 한다. 자세한 것은 발송을 담당한 직원한테 문의하면 알 수 있다고 했다. 문자 밑에 적혀있는 배송자에게 전화를 걸었다. 택배 담당자는 지정된 사물함에 가서 적혀있는 비밀번호로 문을 열고 물건을 찾으면 된다고 했다. '성동구립도서관 1번'이라고 쓰인 사물함 번호와 '비밀번호 4자리 숫자'가 적힌 뜻을 비로소 알게 되었다.

세상에 편한 제도도 많구나. 여성들 사이에서, 집까지 배달하는 제도는 위험이 있을 수 있으니 이런 제삼의 약속된 장소에서 주고받을 수 있도록 아이디어를 냈구나. 내심으로 감탄하면서 한편으로 설렘이 시작되었다.

진짜 물건이 오기는 왔는가 보다. 누가 어떤 물건을 보냈을까. 매우 궁금했다. 중년이 지난 나이답지 않게 가슴이 두근거리다니 당치 않은 생각도 들었다. 하늘의 순리를 안다는 나이도 벌써 지났는데 잔잔한 호수에 물결이 일 듯 가슴이 콩닥거려 피식 웃음이 나왔다. 얼른 택배 물건이 보관된 장소로 가보고 싶었다.

여성안심택배라는데, 보낸 사람은 여성이 틀림없을 거다. 어떤 여인이 왜 그런 곳으로 굳이 물건을 보냈을까. 내 주소를 모르고 전화번호만 알아서 그랬을까. 나름대로 놀래주고 싶어서일까. 아니 보낸 이가 반드시 여성이라는 법은 없지. 택배회사야 보낸 이나 받는 이가 여성이든 아니든 상관없는 일 아닌가. 구시렁거리기도 하고, 한편으론 상상이 꼬리에 꼬리를 물고 이어진다.

나에게 택배 물건을 보낼 여자를 더듬어 보았으나 집히는 사람이 없었다. 물건은 무엇일까. 아마도 책일 거야, 내 시집이나 수필 책을 받은 사람이 자기 저서를 답례로 보낸 거겠지. 아니 그보다 더 값진 물건을 보냈는지도 몰라. 혹시 연서라도 들어있다면......

이런 택배를 받기는 처음 경험하는 일이고 호기심도 있어 더 이상 지체하는 시간이 아까웠다. 택배기사는 택배 사물함이 있는 장소가 왕십리역 부근으로서 무학예식장에서 가깝다는 것만 기억이 난다고 했다. 무학예식장의 위치도 모르니 컴퓨터에서 인터넷으로 성동구립도서관의 위치를 검색해 봤다. 일단 지도가 나오기에 그것을 프린트한 다음, 목적지로 가기 위해 집을 나서서 지하철을 타기로 했다.

이날따라 지하철은 빨리 오지 않았다. 초조한 마음을 억지로 눌러 참았으나 마음은 이미 목적지에 다다른 기분이다. 집 근처에서

분당선을 타고 왕십리역에서 내려 지정된 출구를 찾아 나오니 멀지 않은 높은 건물 위쪽에 '성동구립도서관'이라고 크게 쓴 간판이 눈에 들어왔다. 조금 헤매다가 간신히 목적 건물을 찾았으나 여성안심택배란 사물함이 어디 있는지 또 한참 뒤져야 했다.

다행히 현관 입구에서 그 사물 보관함을 만날 수 있었다. 보관함은 모두 열대여섯 개쯤 되는 듯했다. 급히 스마트폰을 꺼내 보관함 번호와 비밀번호를 확인했다. 사물함 안내 문자 지시에 따라 쉽게 문을 열 수가 있었다. 지하철역의 물건보관함을 이용해 몇 차례 물건을 보관하고 찾은 경험이 도움이 되었다.

배송된 물건은 까만 봉지 속에 들어있었다. 겉모양으로 봐서 잘 다듬어 포장되지도 않았고, 부피도 얇은 걸 보니 책은 아닌 듯했다. 조금은 실망감이 들었고, 스카치테이프로 단단히 밀봉한 봉지를 얼른 개봉하느라고 비닐봉지가 조금 찢겨 나갔다. 드디어 새까만 포장에서 나온 물건이란 달랑 남자 팬티 하나였다. T 브랜드의 '청색 항균 팬티'라고 씌어있다. '에계계, 이게 뭐야. 겨우 팬티 한 장 아니야.'

그렇게 궁금했고, 꿈이 컸기에 막상 물건을 보고는 실망도 컸다. 포기하지 않고 봉지 속을 샅샅이 뒤져 보았으나 다른 물건은 보이지 않았다. 누가 이런 속옷을 보냈을까. 어떤 여자가 짓궂게 장난한 것인가. 그러나 팬티 속 어디에도 편지 비슷한 것은 보이지 않았다. 포장 봉지에 적힌 보낸 이를 확인해 보니 모 홈쇼핑이라고 적혀있다. 홈쇼핑에 팬티를 구매한 일이 없는데 어떻게 내게로 왔는지 알 수가 없었다. 까만 봉지에 적힌 수신자와 수신 전화를 다시 꼼꼼하게 확인을 해봤다.

그런 후에야 모든 의문을 풀 수 있었다. 주문자인 수신자 전화번호와 내 손 전화번호가 모두 같은데 가운데 4개 숫자 중 마지막 하나만 틀리는 게 아닌가. 택배기사가 'ㅇㅇㅇ8'의 번호를 보낸다는 게 나에게 'ㅇㅇㅇ6'으로 문자를 잘못 보낸 것임을 알 수 있었다. 이 모든 의외의 사건이 배송 직원의 조그만 실수 때문이었음을 알았을 때, 산이 무너지는 듯한 허탈감이 몰려올 뿐이었다.

이걸 어쩌지. 봉지는 이미 개봉했고, 일부는 찢겨 나가기까지 했는데, 난감하지만 콩닥거리는 가슴을 가라앉히며 수습 방법을 생각해 보았다. 되돌려줘야 한다는 정답을 찾기에 긴 시간이 필요치 않았다. 안내 문자에 따라서 꺼냈던 사물함에 물건을 다시 집어넣었다. 개인이 발송하면 보관료를 내야 할 것 같아 택배기사라고 입력하니 송장 번호와 수신인 전화번호를 입력하란다. 겉봉지에 적힌 대로 입력을 마치니 예상대로 보관료는 물지 않아도 되었다. 조금은 억울한 생각을 덜어낸 기분이다. 친절하게도 수신자에게 문자가 발송되었다는 안내문까지 나온다. 나는 일단 안도의 숨을 길게 내쉬었다. 그 속엔 편리한 제도도 있다는 고마움의 표시도 포함되었다.

그다음, 진짜 수신인에게 경위 설명과 봉지 파손에 대한 양해를 구하는 문자를 보낼 차례다. 자세하게 전후 사정을 밝힌 메시지를 그에게 발송하고, 택배기사에게서 받은 웹 문자를 증거물로 첨부해 보냈다. 그가 어떻게 생각할지 몰라 망설이고 있는데, 그로부터 답신이 예상외로 빨리 왔다. '네 알겠습니다. 알려주셔서 고맙습니다~'

그는 진정 고맙게 생각했으리라. 만일 값진 물건이 보관함 안에 들어있었다면 그래도 쉽게 돌려줬을까, 아니면 망설였을까. 다시 웃음이 나오는 것을 참았다. 이제 모든 절차가 끝나 홀가분한 기분이었다. 이 생각 저 생각으로 뒤범벅된 머리를 정리하고 꿈으로부터 현실로 돌아온 나는 '이게 뭐지. 허황한 꿈이었나, 그야말로 일장춘몽인가. 이왕 한바탕 꿈일 바엔 어느 여인의 사랑 편지라도 있었다면 더 좋았을 것을...'

내비게이션만 따라가면 진귀한 보물이 기다릴지도 모른다는 장밋빛 꿈은 깨졌다. 내비게이션은 항상 필요한 길만 안내하지 않았다. 혼자서 모래 위에 황금 탑을 쌓고 허물어지듯 그렇게 허망한 길도 안내하고 있었다. 무턱대고 기대를 걸고 달려간 소득은 실망뿐이었다. 내비게이션의 안내라면 지옥이라도 무조건 따라간 꼴이었다고나 할까.

값진 물건도, 커피 한잔하자는 쪽지도 나를 기다리고 있지는 않았다. 내가 김칫국부터 마신 셈이었다. 상상의 세계에서 일상의 현실로 되돌아오니 공허감이 밀려왔다. 봄날 오후의 따사한 햇볕은 한층 몸을 굼뜨게 만든다. 그래도 아쉬움이 마음 한구석에 남아있다. 아내에게 가벼운 바람기를 들킨 야릇한 기분이기도 했다. 이럴 줄 알았으면 아내에게 외출의 목적이나 얘기하지 말고 슬며시 나올 것을. 나에게도 선물 보내는 사람이 있다고 자랑해 보고 싶었던 마음을 후회하였다. 만일 연서라도 들어있다면 그것은 감추면 그만이었다. 터벅터벅 집으로 향하는 발걸음은 무거웠다.

'궁금하게 생각할 아내에겐 잘못 온 택배였다고 한마디만 해줘야지'

먼 길 돌아온 동행

그러겠습니다.

앞으로 옆도 바라보며 살겠습니다. 그동안은 앞만 바라보며 살았습니다. 고되고 팍팍한 삶 때문인지 모릅니다. 높은 산을 혼자 넘었고 넓은 바다도 혼자 건넜습니다. 외롭고 힘들게 지낸 삶이었습니다. 온 누리에 오직 혼자라는 생각뿐이었습니다.

11월 들어서 달랑거리는 달력을 보고서 올해도 끝자락에 왔음을 알았습니다. 막다른 길에 와서야 비로소 뒤를 돌아보게 되었습니다. 주위도 찬찬히 살펴보는 여유도 갖게 되었습니다.

옆을 바라보고 새삼 놀랐습니다. 1이란 숫자 옆에 또 1자가 보였습니다. 등잔 밑이 어둡다고 바로 옆에 반려자가 있음을 못 보고 살았습니다. 그때까지는 그저 11이란 숫자에 불과했습니다. 1자가 나란히 있고 11이라고 부른다는 말은 의미가 없습니다. 10 다음의 숫자가 11이라는 말도 도식적이고 밋밋합니다. 따라서 부부는 둘이 아니라 하나가 됨이 진정한 부부라는 깨달음에 가슴을 치지 않을 수 없었습니다.

이유야 어쨌든 그동안 반려자를 왜 못 보고 살았는지 반성하고 있습니다. 철길처럼 나란히 서로의 길만 달린 것 같습니다. 주위에 누가 있는지도 관심이 없었습니다. 고작 누군가 가까이서 어른거리는 그림자 정도로 가볍게 생각한 것 같습니다. 한솥밥을 먹고 같은 침대에 누워 잤을지라도 배우자나 평생 반려자라는 인식에는 미치지 못했습니다. 바쁘고 고달팠다는 이유는 핑계인지도 모릅니다. 한평생 고락을 같이할 짝꿍임을 절실히 깨닫지 못했습니다.

그동안 나머지 분신은 어떻게 지냈는지 궁금합니다. 풍랑 거센 세상을 어떻게 헤쳐왔는지, 아프거나 춥고 배고프지는 않았는지, 잠자리는 편했는지, 속 태우고 상처받는 일은 없었는지 걱정되었습니다. 우여곡절을 많이 겪은 나였지만 반려자가 더 마음에 걸렸습니다.

이제 서로 보듬어 주고 의지하며 살겠습니다. 백지장도 맞들면 낫다고 했습니다. 지난날의 잘못을 되풀이하지는 않겠습니다. 나만 옳고 내 주장만이 오직 진리라는 생각을 고치겠습니다. 나나 배우자가 건강하면 서로가 편합니다. 분신을 이해하고 아껴주고 도와주는 일이 결국 나를 이롭게 합니다. 눈높이를 낮추어 나의 잘못은 배우자에게 용서를 구하고 상대방의 잘못은 힐책보다는 아량을 베풀겠습니다.

지난 어느 날 같이 배우자가 실수해서 백자 도자기를 깨뜨려도 너그럽게 넘어가겠습니다. 고성과 냉전은 멀리 도망갔으면 좋겠습니다. 과거보다 앞으로의 일에 관심을 쏟겠습니다. 무거운 짐은 덜어주고 가시밭길도 헤쳐 가도록 하겠습니다. 이제 혼자만의 삶은 의미가 없습니다. 앞으로 함께 손잡고 가면 먼 길도 고생되거나 지루하지 않을 것입니다.

비로소 먼 길 돌아온 값진 동행입니다.

반려 가족 진돗개

내가 아끼는 반려동물(?)이 있다. 애칭 겸해 '진돗개'라고 부르고 있다. 난 그 진돗개와 한 지붕 아래서 같이 살고 있다. 거실이나 침실을 함께 사용하면서 떨어질 수 없는 사이라고도 할 수 있다.

요즘은 사람이 개나 고양이와 한 집안에서 더불어 산다는 일은 이상하지 않게 되었다. 그래서 반려동물이라고 부르기도 한다.

그러나 밥을 식탁에서 같이 먹고, 잠도 침대에서 같이 자고, 화장실도 같이 사용한다면 고개를 갸우뚱할지 모른다. 물론 여행이나 등산도 그림자처럼 짝을 지어 같이 다닌다.

내가 여기서 부르는 진돗개란 다름 아닌 바로 내 아내를 말한다. 사람보고 '진돗개'니, '반려동물'이니 부르는 것은 지나친 비하 표현이라고 의아해할 수 있다. 그러나 아내가 묵시적으로 동의하고, 싫어하지 않는 기색이므로 괜찮거니 하고 자주 사용하고 있다.

내가 아내를 진돗개라고 부르기 시작한 것은 오래전에 언론에 보도된 하나의 사건 이후부터였다. 진도에서 대전으로 팔려 간 진돗개가 7개월여 만에 300 킬로미터를 달려 전 주인에게 되돌아온 기사가 났다.

물론 진돗개는 똑똑하기도 하지만, 주인에 대한 충성심과 집을 찾아가는 본능이 뛰어나다고 알려져 있다. 그 기사가 독자들에게 잔잔한 감동을 준 것은 남을 믿지 못하는 풍조가 널리 퍼진 우리 사회에서, 진돗개가 주인에 대해 충성심과 신뢰의 본보기를 보여 주었기 때문이다. 오죽하면 '개만도 못한 사람'이라는 얘기까지 나오게 되었을까.

　단체모임 등에서 아내를 소개할 때 나는 거침없이 '진돗개' 호칭을 즐겨 쓴다. 그러면 아내는 미소를 흘리며 애교스럽게 호응해 준다. 남들에게 주인을 따르는 애정과 돈독함이 넘친다는 효과를 은근히 기대하는 눈치다.
　내가 아내를 진돗개라고 부른 연유는, 아내가 날 떨어지기를 싫어해 지방 멀리 떼어놓아도 집으로 찾아오고, 외국에 떨궈 놓아도 남편 떨어질세라 바로 찾아오므로, 어찌 보면 아내가 남편을 반려견 이상으로 주위에서 충실히 지켜주고 있기 때문이다.
　'진돗개'라는 호칭에서 느끼는 감정은 우리 부부 사이에 약간의 견해 차이가 있는 것 같다. 아내로서는 주인을 바짝 따라다니며 평생 반려자처럼 다정하고 가깝게 지낸다는 점을 과시하고 싶어 한다. 남편인 나로서는 너무 꽉 조여진 부부 사이에서 조금이나마 틈을 내 나의 영역을 가지고 싶은 기대가 담겨 있다고 할까. 약간의 핀잔 의미도 포함됐다고 할 수 있다.

　우리 집에서 오래전에 애완동물인 개나 고양이를 기른 적이 있었다. 아이들이 초등학교 다닐 때인데 큰 애가 동물을 무척 좋아했다. 그래서 아이의 강요에 따라 개, 고양이와 병아리를 집에서 길렀다. 그런데 우리 부부의 주의가 부족했는지 반려동물들을 기를 때마다 오래 살지 못하고 얼마 안 가 죽고 말았다. 병들어 죽고, 농약 먹고 또는 원인 모르게 죽어서 잘 자라기를 바라는 우리의 기대는 매번 빗나가게 했다.
　몇 번이나 집에서 동물의 죽음을 지켜본 우리는 애완동물의 '애' 자도 싫어하게끔 되었다. 집에서 반려동물을 기르는 인연이 없는 모양이라고 체념했다. 그 후부터 우리 집에서 개나 고양이의 그림자도 보기가 어렵게 되었다.

지금도 아내는 친구들을 만나면 집에서 개를 기르지 말라고 부추긴다. 특히 딸 가진 집에서는 건강상 안 좋다고 권유한다. 큰아들 사돈집에도 기르던 개를 치우게까지 했다.

그뿐만이 아니다. 아내는 요즘도 공원을 산책하면서 애완견을 끌고 오는 사람들을 보면 못마땅해한다. 목줄을 했는지, 배설물 치우는 준비물을 갖추고 있는지 세심하게 살펴보는 버릇이 있다. 경계심을 가지고 개와 주인을 번갈아 바라보다가 개가 아내 옆으로 오기라도 하면 기겁하고 눈을 흘기면서 도망친다.

최근 애완견의 신분 상승이 지나쳐서, 길거리를 오가다 '애완견 호텔'이라든지, 개 식단에 '닭가슴살' '개 껌' 등의 광고 간판을 보면 아내는 '별놈의 세상 다 보겠다'라고 알레르기 반응을 보이며 구시렁거린다.

반려동물을 그렇게 싫어하는 아내가 나의 진돗개 호칭이 싫지 않은 표정에 대해 처음엔 이해가 되지 않았다. '주인이 그저 좋기는 좋은가 보다'라고만 생각했다. 그 뒤로 간혹 아내와 내가 의견 충돌이 있을 때는 '진돗개 공식'을 써먹었다. '진돗개 공식'이란 주인의 의무는 게을리하고 권한 행사는 철저히 하는 거였다. 아내와 내가 다툼이 있을 때,

"입마개하고 진돗개같이 영원한 주인이나 잘 따라오라고……"

그러나 아내는 '진돗개 공식'을 사안에 따라 적용하지 않을 때가 많았다. 시간과 장소에 따라 어느 때는 '진돗개'같이 따르지만, 대부분은 양보가 없는 '아내' 위치를 어김없이 고수했다. 그러면서

아내가 늘 써먹는 단골 메뉴는 "마누라 말 잘 들으면 자다가도 떡이 생긴다"라고 오히려 한술 더 뜬다.

반려자라고 할까 반려동물이라고 할까. '진돗개'라고 불리는 아내는, 내가 가끔 놀려도 서운치 않은 눈치가 마음에 든다.

아내는 나의 평생 짝꿍임이 틀림없다. 우리 부부는 한날한시에 삶을 마감했으면 좋겠다고 속마음을 털어놓은 적이 여러 번 있었다. 두말할 필요 없이, 아내는 내가 죽으면 같이 따라 죽으려고 할 영원한 반려자이기에......

무녀도無女島

군산 앞바다에 무녀도巫女島라는 섬이 있다.

무당의 춤추는 모습을 닮았다며 그렇게 이름을 지었단다. 그 섬 이름을 들을 때 나는 무녀도無女島라는 생각을 떠올리며 쓴웃음을 짓는다. 무녀도無女島가 재미있다는 생각이 들기 때문이다. 우리나라의 현실이 떠올라서 그런지도 모른다.

무녀도無女島는 여자가 없고 남자만 살고 있는 섬이라고 할 수 있다. 왜 이 섬이 나에게서 무녀도無女島가 되었을까. 여인이 없는 곳에서는 어떤 현상이 일어날지 흥미를 일으킨다. 오갈 데 없는 여인들이 있다고 할 때 이들에게 안식처를 제공해 줄 수 있다면 좋은 일이기도 하다. 소위 인기 없는 여자라도 이 섬에 가면 여왕 대접을 받을 것이다. 외모지상주의에 쫓긴 여자들이 성형외과만 기웃거리지 말고 이 섬을 찾아간다면 자존감을 찾으리라. 외부 요인의 약점으로 배우자를 고르지 못한 노처녀는 이곳으로 가 보기를 권하고 싶다. 마음에 드는 반려자를 찾기 쉽기 때문이다. 물론 남자에게도 배우자를 맞이하는 숙원도 풀 수 있다.

지구상에 남자들만 사는 섬이 있다고 생각해 보자. 얼마나 재미없고 삭막할 것인가. 부부 중심의 화목한 가정생활이나 청춘 남녀의 애정 모습은 찾아볼 수 없을 것이다. 무릇 인간 사회는 아기부터 노인까지 층층이 각기 다른 세대로 구성되어 있다. 아이들이 뛰놀고 울음소리도 들을 수가 있어야 사람 사는 세상이다. 남자들만 있으면 가정은 해체되고 한 사람 한 사람 개인적으로 살아가는 혼자만의 사회가 될 것이다. 그렇다면 서로 갈등만 빚고 폭력, 술, 도박, 마약, 범죄로 황폐한 섬이 되어가지 않겠는가. 고령화 사회가 되면서 하나, 둘 죽음을 맞이하다가 결국은 무인도로 변하겠지. 이런 생각을 하면 무녀도無女島가 아닌 무녀도巫女島라는 섬 이름이 다행이라고 느껴진다.

우리 세대가 젊었을 때 결혼은 필수라고 생각하였다. 인간이라면 남녀가 결혼해서 후손을 남기는 것이 의무처럼 알았다. 가정주부라면 출산과 육아의 어려움을 당연한 일로 받아들였다. 만일 딸만 있는 가정은 가까운 친척에게서 양자를 입적해 대를 잇는 사람이 많았다. 그때는 '아들딸 구별 말고 둘만 낳아 잘 기르자'든지, '둘도 많다. 하나만 낳아 잘 기르자'라는 구호가 유행했었다. 어쩌다가 우리나라가 인구의 감소로 미래를 걱정하는 단계까지 왔는지 세월의 변화가 무상하다. 아이를 안 낳는 이유가 우리나라가 살기 좋은 나라가 못되기 때문이 아니기를 바란다. 현재는 결혼이 필수가 아니라 선택의 시대가 되었다. 너무 빨리 변하는 개인주의 현실에 중심을 잡기 어렵다.

아파트 단지나 산책로를 걷다 보면 유모차를 끌고 가는 젊은이들을 자주 본다. 아기를 보면 모두 귀한 보물로 보이고 젊은 부부는 애국자라는 생각이 든다. 우리나라 출산율이 OECD 회원국 중에서 최하위를 차지하고 있어 앞날이 걱정이라는 기사를 자주 보고 듣는다. 왜 이 지경까지 왔는지 안타깝다. 섬이나 다를 바 없는 작은 나라에서 천연자원은 없고 그나마 고급 인력자원이라도 있어 다행이었는데 이나마 염려해야 할 실정이다. 앞으로는 국방 인력도 참으로 문제가 될 것 같다. 개인주의 시대가 오니 국가나 사회와의 이해가 충돌하는 현상이 나타난다.

유모차를 만났을 때 얼마나 아기가 귀여울까 하는 기대감으로 '까꿍' 하며 가까이 다가가 쳐다보다가 실망한 적이 여러 번 있다. 유모차에는 아기가 아니라 견공이 의젓하게 무게를 잡고 있다. 강아지가 아기 자리를 버젓이 차지하고 뭘 이상한 듯 바라보냐고 힐난하는 것 같다. 아기가 재롱을 부려야 할 자리에 반려견이 대신 자리 잡는 세태가 어제오늘이 아니다. 주객이 바뀌어 인간의 가치는 떨어지고 견공의 신분이 올라가는 세상이 되고 말았다. '24시 동물응급센터'라는 간판이 보이고 '반려견 축복식'이라는 교회의 선전 문구에서 개운치 않은 뒷맛을 느낀다. 10만 원짜리 지폐가 나온다면 아마도 인물 대신 개를 넣어도 이상하지 않게 느껴지는 세상이 올지 모른다. 너무 지나친 생각일까.

무녀도巫女島는 무녀도無女島가 되어서는 안 된다. 남녀가 뒤섞여 살면서 가정을 이루고 각자 맡은바 직분에 충실할 때 살맛이 나는 섬이 될 것이다. 장성한 남녀가 결혼하고 아이를 낳고 살아가는 활력이 넘치는 섬을 만들어야 한다. 아기와 어린이들이 법석대고 이들에 대한 교육에 힘써 장차 국가의 동량으로 키워야 한다. 지구상의 곳곳에서 벌어지는 동성 결혼이 아니라 남녀 이성 간의 결혼만이 합법화되는 세상이 바람직하다고 본다.

무녀도를 떠올리면서 남녀가 손에 손을 맞잡고 춤을 추는 약동의 섬을 기대해 본다면 내 욕심일까. 무녀도巫女島도 아니고, 더욱이 무녀도無女島도 아니며, 무녀도舞女島가 되는 지상낙원을 꿈꾼다면 터무니없는 망상일까.

조선시대 최고 문학작품인
수필의 진수를 맛보다
- 연암 박지원의 〈열하일기〉 중 〈일야구도하기〉를 읽고

이달 '수필 DJ' 코너에는 박지원朴趾源의 열하일기熱河日記를 골 랐다. 박지원은 1737년 서울 서소문 부근에서 태어났다. 호는 연 암燕巖이다. 양반 가문에서 태어나 청소년 시절부터 학문을 익혔으 나 과거시험으로 입신양명을 위한 길을 택하지 않았다. 대신 홍대 용, 이덕무, 박제가, 유득공 등 친구들과 교분을 맺고 유명한 산을 돌아다니며 토론을 즐겼다. 당시 대세였던 북벌론과 중화 사대사 상을 배격하고 실사구시와 북학 연구에 매진하였다. 뒤늦게 오십 이 되어 지방관직을 맡아 백성을 돌보는 삶 속에 묻혀 살았다. 그 는 65세에 관직에서 물러나 서울로 돌아온 후 69세에 사망하였다.

연암이 43세 때 청나라 건륭황제의 칠순을 축하하는 조선 사절 단 일원으로 청나라를 다녀왔다. 그의 팔촌 형인 정사正使 박명원 이 데려간 수행원 자격이었다. 1780년(정조 4년) 5월 25일 한양 을 떠나 10월 27일 돌아왔으니 5개월 동안의 오랜 여정이었다. 열하일기는 압록강을 건널 때부터 요동과 연경(북경)을 거쳐 열하 (승덕)[1]까지, 다시 연경으로 돌아오는 2개월 가까이 날짜별로 기 록했다. 단순한 여행기라기보다는 저자의 박식과 철학이 담긴 다 방면의 체험을 기록한 생동감 있는 견문록이다.

열하일기는 박지원이 뛰어난 문장가로 이름을 떨친 작품이다.

조선시대 최고의 문학작품으로 평가받고 있다. 이 책이 당시 조선과 사대부를 비판함으로써 기존 질서와 성리학이란 울에 갇힌 식자들의 미움을 사 문체반정文體反正의 대상이 되었다. 그동안 출판이 금지되고 필사본으로 내려오다 1900년 이후에 본격적으로 책이 간행되고 빛을 보기 시작했다. 숨은 보석이 광채를 발하는 계기였다. 한문으로 쓰인 열하일기는 필사본, 활자본, 영인본 등으로 나누어 여러 종류가 전해지고 있다. 편, 역자에 따라 수록된 글도 제각각이다. 이 글은 1968년 민족문화추진회 발행본을 원전原典으로 삼았다.

매일의 여정에서 떼어내 별도로 쓴 수필이 있다. 그것은 〈야출고북구기〉[2], 〈일야구도하기〉[3], 〈상기〉[4], 〈환희기〉[5] 등으로서 연암 사상의 진수를 맛볼 수 있는 명문장의 산문이라 하겠다. 그의 호방한 기질과는 대조적으로 주도면밀하고 화려한 필치를 접할 수 있다. 여기에서는 〈일야구도하기〉 글을 중심으로 엮고자 한다.

하수河水는 두 산 틈에서 나와 돌과 부딪쳐 싸우며 그 놀란 파도와 성난 물머리와 우는 여울과 노한 물결과 슬픈 곡조와 원망하는 소리가 굽이쳐 돌면서, 우는 듯, 소리치는 듯, 바쁘게 호령하는 듯, 항상 장성을 깨트릴 형세가 있어, 전차戰車 만승萬乘과 전기戰騎 만대萬隊나 전포戰砲 만가萬架와 전고戰鼓 만좌萬座로서는 그 무너뜨리고 내뿜는 소리를 족히 형용할 수 없을 것이다.

이 수필의 시작부터 문장이 뛰어나 독자를 사로잡는다. 강물이 산에서 돌과 부딪치며 폭포같이 쏟아지는 광경을 표현했다. 놀란 파도, 성난 물줄기, 우는 여울, 노한 물결, 슬픈 곡조, 원망하는 소리의 다채로운 수식 어휘가 장관이다. 울부짖는 듯, 고함을 지르는 듯, 포효하는 듯, 만리장성이라도 깨뜨릴 형세 같은 비유도 놀랍다. 1만 대의 전투차량, 1만 명의 기병, 1만 문의 대포, 1만 개의 전투 쇠북이라는 표현은 다소 과장 같기도 하나 강조가 돋보이는 묘사임을 알 수 있다.

조선 사절단의 여행은 많은 인원이 강행군함으로써 여간 고생스러운 게 아니었다. 북경에서 열하까지 가는 일정이 다급했다. 나흘 동안 눈 한 번 붙이지 못했고 하인들은 모두 선 채로 잠을 잤다고 했다. 연암은 '나도 졸음을 견디다 못해 눈꺼풀은 구름 드리우듯 무겁고 하품은 바닷물 밀려오듯 했다'라고 술회하고 있다.

나는 이제야 도道를 알았도다. 마음이 어두운 자는 이목이 누累가 되지 않고, 이목만을 믿는 자는 보고 듣는 것이 더욱 밝혀져서 병이 되는 것이다. 이제 내 마부가 발을 말굽에 밟혀서 뒤차에 실리었으므로, 나는 드디어 혼자 고삐를 늦추어 강에 띄우고 무릎을 구부려 발을 모으고 안장 위에 앉았으니, 한 번 떨어지면 강이나 물로 땅을 삼고, 물로 옷을 삼으며, 물로 몸을 삼고, 물로 성정을 삼으니, 이제야 내 마음은 한 번 떨어질 것을 판단한 터이므로 내 귀 속에 강물 소리가 없어지고 무릇 아홉 번 건너는 데도 걱정이 없어 의자 위에서 좌와坐臥하고 기거起居하는 것 같았다.

여기에서 '마음이 어두운 자는 이목이 누가 되지 않고'라는 한 문체 문장이 나온다. 명심冥心 즉 마음이 깊고 지극한 사람이야말로 귀와 눈이 마음의 폐해가 되지 않는다는 뜻이라고 할 수 있다. 단순히 귀나 눈에 의지하는 사람은 오히려 탈이 될 수 있다고 했다. 이는 사람이 눈과 귀로 보고 듣는 게 전부가 아니라는 잠언으로도 해석된다. 이렇게 연암의 글에는 경구가 많이 나온다.

그의 마부가 말발굽에 발을 밟혀 뒤 수레에 실렸기 때문에 마부

없는 말안장에 무릎을 구부리고 앉아서 강을 건너게 됐다. 만일 말에서 떨어진다면 물을 땅이라 생각하고 물을 옷이라 생각하고 물을 내몸이라 생각하고 물을 내 마음이라 생각하면서 떨어질 각오까지 했다. 그러니 그의 귀에 강물 소리가 들릴 리 없었다. 아홉 번이나 강을 건넜지만 아무 근심도 없었다. 말의 안장 위에서 앉았다 누웠다 하며 자유자재로 몸과 마음을 다스릴 수 있는 도를 깨닫게 되었다고 했다. 외물에 현혹되지 않는 관조의 경지랄까 사즉생死卽生이라고 할까. 저자의 내공을 가늠케 하는 대목이다.

열하일기에 나오는 기지와 유머가 일품이다. 연암은 끝없이 펼쳐진 요동 벌판을 보고 '좋은 울음터이다. 크게 한번 울어볼 만하다'라고 답답함을 풀기에 제격이라고 해학의 불을 지핀다. 조선의 우물 안 개구리 같은 답답함을 토로하는 그의 호연지기가 대단하다. 정밀하고 화려한 청 문물을 접하고는 '청나라의 장관은 기와 조각과 똥 부스러기에 있다'라며 하찮은 물건을 지혜롭게 운용하고 있음을 익살스럽게 꼬집고 있다. 그의 유머는 단순한 웃음이라기보다 낡은 습관과 형식에 매여 있는 조선의 현실을 비트는 기지가 담겨 있는 것이다.

또한 그의 글에서 이용후생利用厚生 정신을 강조하고 있다. 백성들에게 편익을 도모하고 나라의 발전을 위해서는 청나라 벽돌과 수레의 도입 필요성을 강조하고 있다. 특히 수레에 대한 설명과 편리한 점을 여러 쪽에 걸쳐 기술하고 있다. 중국의 풍성한 재물이 이곳저곳 쉽게 옮겨지는 것은 수레 덕분이다. 우리 수레에 우리 물건을 싣고 우리가 바로 연경까지 간다면 참으로 편리할 것이라고 했다. 산이 많고 길이 좁아서 조선에는 수레가 맞지 않다는 현실론에 대해 이를 도입하면 되레 길이 넓어진다고 받아치고 있다. 조선은 청나라의 우수한 문물과 기술을 적극적으로 수용해야 하며 오랑캐 나라에서도 좋은 점이 있으면 배워야 한다고 북학론자의 뚜렷한 소신을 보여주고 있다.

연암은 자신을 삼류 선비라고 일컬었다. 그러면서 찰나에 불과한 세상에서 이름을 날리고 공을 세우겠다고 욕심부리는 사람이 있음을 서글프다고 질타했다. 몸가짐이 약삭빠르고 스스로 총명하다는 자들을 경계해야 한다며 글을 끝맺고 있다.

1) 열하(승덕) : 오늘의 청더承德로 중국 허베이성河北省 북부 러허강熱河江 서쪽 기슭에 있는 도시. 옛 러허성熱河省의 성도였으며 청나라 때 황제의 별장이 있었음.
2) 야출고북구기夜出古北口記 : '밤에 고북구를 떠나다'라는 뜻으로 고북구는 연경에서 열하에 이르는 도중에 만리장성이 지나고 있는 지명
3) 일야구도하기―夜九渡河記 : '하룻밤에 강물을 아홉 번 건너다'라는 뜻으로 연경에서 열하로 급히 가기 위해 하룻밤에 강을 아홉 번이나 건너가야 했음.
4) 상기象記 : '코끼리에 대한 기록'으로서 코끼리를 보고 느낀 특이한 점을 자세하게 쓰고 있음.
5) 환희기幻戲記 : '기이한 묘기와 요술에 대한 기록'으로서 오늘날 마술이나 서커스와 같은 요술쟁이에 대한 견문을 자세하게 표현하였음.

* (수필 DJ)는 2023년도 『한국수필』 3, 4, 5월호에 연재되었음.

가끔은 하느님도 외로워서 눈물을 흘리신다

- 정호승의 시가 있는 산문집 〈외로워도 외롭지 않다〉를 읽고

정호승 작가는 수필가보다 시인으로 더 알려져 있다. 그는 시와 동시, 단편소설이 일간 신문 신춘문예에 당선된 이력이 있는 작가다. 또한 열댓 권에 가까운 시집과 산문집, 동시집, 동화집을 발간한 바 있다. 문학의 여러 장르를 넘나드는 달인이라고도 부를 만하다.

그가 시와 산문은 한 몸이라고 한 말에 주목할 필요가 있다. 사람의 몸이 육체와 영혼으로 구분한다면 시와 산문이 그의 문학에서 한 몸을 이루고 있다고 한다. 시집과 산문집이란 육체로 구분할 수는 있지만 그 영혼마저 구분되는 것은 아니라는 것이다. 그릇에 담긴 시와 산문이라는 요리는 문학이라는 식탁에 한데 놓여 우리의 양식이 된다고 한다. 그는 늘 시와 산문이 한 몸인 책을 소망해 왔다고 했다. 그의 산문집 〈외로워도 외롭지 않다〉나 〈내 인생에 힘이 되어준 한마디〉 등이 그렇게 엮어진 산물이라 할 수 있다.

우리는 이름 있는 시인이 좋은 산문을 쓰는 것을 보았다. 또 수필가가 명시를 쓰는 경우도 본 바 있다. 이 책을 읽으면서 시와 산문이 어떻게 접목되는가. 일상에 숨어 있는 하나의 상황이나 동기가 어떻게 글로 써지는가. 하나의 주제나 소재라는 재료가 어떻게 시나 수필이란 음식으로 요리되는지 독자에게 보여준다고 볼 수 있다. 시에 대한 설명이나 평론이 아니라 한 편의 수필 작품으로

봄이 바람직하다. 수필가는 산문을 먼저 읽고 그 앞의 시를 읽어
보고, 시인은 시와 산문을 차례로 읽으면 많은 도움이 될 것으로
믿는다.

　정호승 작가 글의 주제나 화두를 한마디로 요약한다면 '사랑'이
라고 할 수 있다. 따뜻한 휴머니즘이 밑바탕에 연면히 흐르고 있
다. 사랑이란 감정은 인간에게 있어서 가장 근본적이며 자연스러
운 정서다. 사랑이야말로 인간관계나 인간이 사는 사회를 푸근하
게 감싸고 살찌우는 삶의 기본 요소라고 할 수 있다. '사랑하다가
죽어버려라.'라고 하듯 죽음에 이르도록 진정 사랑하라고까지 말
하고 있잖은가. 그의 작품 특징은 서정적이고 주제가 뚜렷해 독자
의 가슴에 오랫동안 여운이 남는다. 또한 어휘나 문장이 쉬워 독
자와 소통이 잘된다. 평이하게 쓰는 글도 독자에 대한 사랑의 선
물이 아닐까. 그의 글은 울림이 있는 한편, 힘들고 서글픈 삶에 위
안을 주고 있다.

　문학의 본질이 인간탐구라고 볼 때 그는 문학의 본질에 남보다
앞서 다가섰다고 말할 수 있겠다. 원래 인간탐구는 양파껍질 벗기
기와 같은 끈기와 노력이 따른다. 정호승 작가는 별을 보기 위해
서는 어둠이 필요하다고 말한다. 고난을 성장통으로 보는 것과 일
맥상통한다고 할까. 그의 작품이 고통과 번민을 체험하고 극복하
는 과정에서 우러나는 농축물 같아 보인다. 따뜻한 체온으로 슬픔
을 감싸면서 희망을 일구어낸다. 수도자가 오랜 수행 끝에 얻는
지혜서 같기도 하다.
　우리는 그의 시 〈바닥에 대하여〉에서 그의 이러한 체취를 맡을
수 있다.

바닥까지 가 본 사람들은 말한다
결국 바닥은 보이지 않는다고
바닥은 보이지 않지만
그냥 바닥까지 걸어가는 것이라고
바닥까지 걸어가야만
다시 돌아올 수 있다고

바닥을 딛고
굳세게 일어선 사람들도 말한다
더이상 바닥에 발이 닿지 않는다고
발이 닿지 않아도
그냥 바닥을 딛고 일어서는 것이라고

바닥의 바닥까지 갔다가
돌아온 사람들도 말한다
더이상 바닥은 없다고
바닥은 없기 때문에 있는 것이라고
보이지 않기 때문에 보이는 것이라고
그냥 딛고 일어서는 것이라고

우리가 삶에서 어차피 겪게 되는 고통에서 슬픔과 좌절을 느끼기도 한다. 불의가 정의를 짓밟고 세상을 휘젓거나, 황금만능의 위력에 눌려 인간의 값이 땅에 떨어질 때에 절망을 느낀다. 가면과 위선이 판치고 법이나 상식보다 힘의 논리가 앞장설 때 낙망한다. 사랑하는 사람이 중병을 앓거나 애석하게 이별했을 때는 눈앞이 캄캄하고 나락으로 떨어진다.

정호승 시인은 위의 시에서 바닥은 보이지 않는다고 말한다. 바닥을 행복과 같이 심안心眼이나 주관적 개념으로 보는 것 같다. 바닥에 닿지 않아도 그냥 딛고 일어서야 한다. 바닥으로 알고 그걸 딛고 일어설 수가 있어야 한다는 것이다. 바닥에 굴러떨어진 처지를 감사하게 생각하고 희망을 버리지 말라고 한다. 그는 절망 없는 희망보다 절망 있는 희망이 더 가치가 있다고 했다.

정호승 시인의 시 제목 중에 〈수선화에게〉라는 시가 있다. 너무나 유명해 애독자가 많다. 이 시에서 인간은 본질적으로 외로운 존재라고 노래한다. 우리는 인간관계에서 외로움을 많이 느끼며 산다. 사람들은 외롭지 않은 척 수선을 떨다가 결국 외로움에 부딪힌다. 복잡한 현대 사회에서 외로움을 받아들이며 혼자 죽어가는 존재가 사람이다. 외롭기 때문에 인간인 것이다. 외로움에 몸 부림칠 일도 아니다. 당연한 외로움을 너무 아파하거나 고통스러워하지 말기를 당부하고 있다.

울지마라
외로우니까 사람이다
살아간다는 것은 외로움을 견디는 일이다
공연히 오지 않는 전화를 기다리지 마라
눈이 오면 눈길을 걸어가고
비가 오면 빗길을 걸어가라
갈대숲에서 가슴검은도요새도 너를 보고 있다
가끔은 하느님도 외로워서 눈물을 흘리신다
새들이 나뭇가지에 앉아 있는 것도 외로움 때문이고
네가 물가에 앉아 있는 것도 외로움 때문이다.
산그림자도 외로워서 하루에 한 번씩 마을로 내려온다
종소리도 외로워서 울려퍼진다

88_그림자에 새긴 무늬

4부

북정마을 골목길을 오르며

성북동 북정마을 산비탈을 오른다.

만해 한용운이 살던 집인 '심우장尋牛莊'으로 가는 언덕길이 가파르다. 만해는 집을 지을 때 보기 싫은 조선총독부를 등지도록 했고, 깨달음을 얻기 위해서 심우장이라고 이름을 붙였다고 한다. 아담한 한옥에서 만해가 삶을 마감할 때까지 그 언덕길을 수없이 오르내렸을 텐데 우리는 한두 번 가는 것도 숨이 찬다. 아픈 다리를 참는 것부터 깨달음을 배우는 과정인가 싶다. 골목길을 사이에 두고 왼쪽, 오른쪽 주변은 지붕과 지붕들이 맞부딪히는 쪽방 같은 집들이 늘어서 있다. 오밀조밀 모여있는 집 가운데 심우장에서 풍기는 만해의 애국심에 가슴이 뭉클해진다. 일제의 강압에도 불구하고, 조국에 대한 사랑과 문학에 대한 그의 열정에 옷깃을 여민다.

북정마을은 사람들이 오가며 가슴이 맞닿을 정도의 좁고 구불구불한 골목길이다. 그 골목길에선 현대의 문명 냄새가 나지 않는다. 가공하지 않은 자연 그대로의 순수한 멋이 있다. 그곳 주민들에겐 집이 비록 오두막집이지만 대궐 같은 집이 부럽지 않은 자부심이 있을지 모른다. 조촐한 집에서 욕심 없이 사는 자연인과 같은 삶을 살지 않을까 하는 생각은 나뿐일까.

심우장에서 조금 더 올라가면 김광섭의 「성북동 비둘기」 시가 걸려있는 언덕에 다다른다. 그곳을 '비둘기 쉼터' 또는 '비둘기 공원'이라고 부른다. 김 시인의 시에서 도시개발에 쫓긴 비둘기들이 갈 곳 없어 헤매고 있음을 안타까워한다. 그곳에서 잠깐 걸음을 멈추고 발아래 펼쳐진 북정마을을 바라보면 올망졸망한 집들이 엎드려 있다. 개발이 되지 않고 낡은 집 그대로 보존이 잘돼 있고 적당한 숲도 있어 오히려 떠나간 비둘기들이 다시 돌아올 것 같은 아이러니를 느낀다.

북정마을 골목길은 자드락의 고샅길을 오르내리는 것 같기도 하고, 마치 이태리의 소도시나 퀘벡의 좁은 도시 골목을 연상하게도 한다. 벽 사이 공간에 갇혀 설렘과 낭만을 불러오기도 한다. 인근의 한양도성 성문으로 가는 길은 바닥이 울퉁불퉁하여 여간 조심하지 않으면 넘어질 수 있다. 삐뚤삐뚤하게 여기저기 그어진 길의 연속이라 초행자는 헷갈리기 쉽다.

경로당 할머니에게 가는 길을 물어보니 자세히 알려준다. 조금 가다가 시골의 육각정 같은 정자 쉼터에서 앉아 있는 노인에게 다시 목적지 길을 확인한즉 친절하게 가르쳐준다. 성의가 있고 귀찮아하는 기색도 없다.

현대의 물질주의에 물들지 않는 따뜻함을 그분들에게서 느낀다. 우리 어릴 적 농촌의 인심이 그렇지 않았던가. 그들 삶도 다른 소시민과 마찬가지로 괴롭고 즐거움을 함께 겪었을 것이다. 너와집같이 지붕을 때우고 벽이 갈라진 집에 살고 있지만, 서로 기쁨을 조각조각 나누고 눈물도 닦아주는 인정이 그들에게 있겠구나 하는 생각이 든다. 달님도 그들이 외롭지 않도록 벗이 되기 위해 제일 먼저 찾아주는 동네가 바로 그곳이 아닐는지.

한가한 골목길에서 마주치는 주민은 주로 노인층이다. 삶의 여정에 산전수전 겪은 주름이 있는 그들을 '작은 거인'이라 부르고 싶다. 굳이 대문을 닫지 않고 미니멀리즘*을 만끽하며 여유를 누리는 삶을 살고 있을 것이라는 생각에서다. 황금만능이란 세속에 물들지 않고 오늘의 삶에 만족해 보인다.

　근래 개축한 한양도성 성곽길을 걸으면서 우뚝 솟은 빌딩 숲이나 화려한 상가가 없는 성북동 시내를 먼발치로 내려다본다. 문명의 때가 묻지 않은 자연 친화적인 도시 같다. 발아래 한눈에 보이는 북정마을은 더욱 그렇게 보인다. 북정마을의 유래는 조선시대 군대가 진을 쳐서 북적거렸고, 영조 때 메주 끓는 소리가 북적북적, 사람도 북적북적거려서 그 발음이 변해서 북정마을이 됐다고 한다. 지금은 북적대는 흔적을 찾아볼 수가 없고 조용하기만 하다. 돌올突兀하거나 꾸밈이 없는 마을의 정기를 가슴에 안고 하산하는 나의 발걸음에 그들의 애환이 따라온다. 왠지 놓치기 싫은 미련이 있어 그림자라도 그곳에 남겨두고 싶은 생각이 간절하다.

* 미니멀리즘(minimalism) : 되도록 소수의 단순한 요소로 최대 효과를 이루려는 사고방식. 더 적을수록, 더 작을수록 더 풍성하다는 예술론이라고 할 수 있음.

세미원을 다녀와서

　문우 일행과 함께 양수리 세미원洗美苑을 답사할 기회가 있었다. 전에 두물머리를 가느라고 바로 옆에 맞붙어 있는 세미원 옆을 몇 번 지나치곤 했다. 오늘은 이곳의 입구라 할 수 있는 불이문不二門부터 두물머리까지 한국 전통의 아름다움을 담아낸 정원 길을 샅샅이 감상할 수 있었다.

　세미원이라고 이름을 붙인 내력은 '물을 보고 마음을 씻고 [觀水洗心], 꽃을 보고 마음을 아름답게 하라[觀花美心]'는 장자의 글에서 유래했다고 한다.
　자연과 인간이 하나라는 뜻을 가진 불이문을 벗어나 국사원과 장독대 분수를 지나니 세한정歲寒庭이 우리를 맞는다. 다시 배다리를 건너고 백련지 홍련지를 지나면 열대 수련 연못, 사랑의 연못 등이 이어져 있다. 진흙탕 물을 딛고 그 위로 다소곳이 목을 빼고 연인을 기다리는 듯 피어있는 연꽃 무더기가 장관을 이루고 있다.
　세미원 일대를 거닐다 보면 이곳의 주인이라고 할 수 있는 연꽃이 바람이 불면 부는 대로 물결이 치면 치는 대로 이리저리 흔들리면서도 품위를 잃지 않고 하얀 얼굴에 붉은 화장을 하고 자태를 뽐낸다.

　이곳에서는 연꽃이 대표적인 상징으로 널리 알려졌지만, 의외로 나의 시선을 빼앗은 곳이 바로 세한정이다. 여기는 추사 김정희와 제자 이상적 간에 서로 아끼고 배려하는 일화가 얽힌 〈세한도歲寒

圖〉에 대한 내력과 이에 어울리는 정원이 가꾸어져 있다. 정원 입구에 들어서니 세한도를 상징하는 커다란 소나무가 한 그루가 우뚝 서 있다. 고목이 되어버린 굵은 줄기에서 옆으로 한 가닥 뻗은 소나무 가지는 겨울에도 시들지 않는 절개와 기백을 보여주고 있는 듯하다. 그 뒤로 세한도의 이미지를 빌린 건물이 하나 있는데 기와를 얹은 지붕에다 집 벽면에 있는 특유의 원형 봉창을 살리고 있다.

조촐한 건물 안으로 들어서니 〈세한도〉가 오늘에 있기까지 고난의 여정이 소개되고 있다. 〈세한도〉는 추사가 제주도에서 유배생활할 때인 1844년에 제자 이상적에게 그려준 선물이다. 세한도 옆의 발문跋文에도 이런 사연이 적혀있다. 이상적은 추사가 벼슬길에 있을 때나 유배지에 있을 때나 한결같이 흠모하여 정성껏 받들어 모신 사람이다. 역관인 그는 중국에서 귀한 책을 사다가 유배지에서 고생하고 있는 추사에게 계속 전해주었다. 권세와 이득을 좇는 세상 풍조에 휩쓸리지 않는 제자의 정성에 감동한 추사가 겨울의 혹독한 추위에도 푸른 기상을 잃지 않는 송백松柏을 그린 〈세한도〉를 그에게 선물로 주었다.

그 후 〈세한도〉는 일제강점기 때, 추사를 연구하던 경성제국대학의 일본인 교수 후지츠카의 손에 넘어가 일본으로 가져가게 된다. 서예가 손재형 선생이 이를 알고 일본의 후지츠카 교수를 두 달에 걸쳐 설득한 끝에 1944년 한국으로 되찾아오는 데 성공하였다. 그후에 국보 제180호로 지정된 바 있다.

이처럼 굴곡을 안고 있는 〈세한도〉에 대해 추사의 출생지도 아니고 유배지도 아닌 세미원이 왜 세한정을 짓고 그를 기리고 있는지 처음에는 이해가 가지 않았다. 곧 세미원이 시각적 볼거리를 넘어 마음을 다스리는 깊은 뜻과 〈세한도〉가 가지고 있는 깊고 그윽한 향기가 잘 어울리기 때문이지 않을까.

세한정이 추사 인물 자체를 기리기보다는 그 그림에 얽힌 취지 즉 권세와 이득을 뛰어넘는 사제간의 인간미를 조명하고 또한 소나무와 잣나무가 겨울의 칼바람 추위에도 늘 푸르고 시들지 않는다는 교훈을 널리 알리고 싶어서일 것이라는 생각이 들었다.

물을 보고 마음을 씻는다는 말이 보통 사람들에게 어디 쉬운 일인가. 세상 물욕에 휩쓸리지 않는 달관의 지혜가 있어야 가능한 일이다.

추사는 1786년에 태어나서 1856년에 삶을 마감한 조선 말기의 문신이다. 문과에 급제해서 예조참의, 병조참판, 성균관 대사성의 벼슬을 지낸 대학자로서 시. 서. 화에 능한 예인藝人 선비이기도 했다.

조선이 당파싸움으로 조정과 백성이 피폐할 때, 그도 예외 없이 제주도와 북청에서 십여 년의 유배 생활을 하게 되었다. 과거 조선에서는 서로 물고 헐뜯는 파벌 싸움에 여념이 없었다. 한쪽에서 권력을 잡으면 모든 것을 얻고 못 잡으면 모든 것을 잃는 제로섬 같은 투쟁이 계속되면서 정권을 잡기 위한 싸움에 물불을 가리지 않았다.

민생을 돌보지 않는 당쟁은 예나 지금이나 마찬가지 같다. 우리 근대사를 돌이켜보면 국론이 통일되지 않고 붕당정치를 일삼고 있을 때는 여지없이 나라가 짓밟히는 외환을 겪었다. 지금도 국제관계나 외교는 총성 없는 전쟁터가 아니던가.

세한정을 나서면서 가슴속엔 구름이 낀 듯 흐린 마음을 씻지 못하고 손만 물에 담갔다 뺐다 하지 않았나 되돌아보게 한다.

아내의 발을 씻겨주다

성당에서 부부를 위한 M.E.*라는 교육 프로그램을 운영하고 있다. 부부가 함께 수도원 같은 시설에 입소해 행복한 부부가 되는 방법을 배우는 훈련이다. 교육 내용이 좋아 가톨릭 신자 외에 개신교나 불교 신자도 적지 않게 참여하고 있다.

과거 일이지만 내가 직장 다닐 때는 바쁘다는 이유로 자녀들을 돌보거나 가정 내의 잔일은 모두 아내 몫으로 돌리기 일쑤였다. 밤이 늦도록 회사 일에 매달리면서 월급만 잘 갖다주면 되는 줄 알았다. 모처럼의 토요일 오후나 일요일은 휴식이나 늦잠이라도 자고 싶었으나, 아내의 끈질긴 M.E. 참가 권유에 내 마음이 흔들리고 말았다.

오래전의 일로서 그 당시 40대 중반이었던 우리 부부는 바쁜 시간을 쪼개어 토요일 오후부터 시작하는 1박 2일의 M.E. 훈련에 참여했다. 장소는 서울 영등포구에 있는 살레시오회 수도원으로 기억된다. 토요일 오후, 담장으로 둘러싸인 수도원은 졸고 있는 듯 조용했다. 수도원 안으로 들어가니 부부들이 마당에 삼삼오오 모여서 담소를 나누고 있었다. 입소 절차를 마치고 3시쯤 첫 번째 교육이 시작되었다. 수녀님이 마당에서 진행하는 프로그램이었는데 가슴 깊게 새겨져 지금까지 지워지지 않는다.

사회자의 안내에 따라, 20여 쌍쯤 되는 부부들이 좌석에 앉았다가 조별로 일어나 앞으로 나왔다. 내가 첫 번째 조였다. 아내는 의자에 앉아 있고 남편은 세숫대야에 물을 담아오란다. 남자들은 수도에서 대야에 물을 받아, 찔끔찔끔 흘리며 오리걸음으로 자기 짝 앞에 와 앉았다. 아내는 눈치를 챘는지 모르지만, 난 그때까지 무슨 놀이하려는지 몰랐다.

아내가 양말을 벗은 후 대야에 발을 담갔고, 팔을 걷어올린 남편은 아내의 발을 씻겨주라고 했다. '아 -', 나도 모르게 가느다란 탄성이 새어 나왔다. 남편이 아내에게 주는 예상치 못한 선물이었기 때문이다. 예수님이 최후의 만찬 날, 제자들에게 발을 씻겨준 데에서 유래된 소위 세족례洗足禮였다. 사람에게 가장 미천하다는 발을 씻겨주는 일은, 내몸을 최대한 낮추는 상대방에 대한 공경의 표시이다. 나는 아내의 발을 뽀드득뽀드득 소리가 나도록 씻겨주었다. 아내는 미안해하는 한편 호강에 겨운 표정이었다. 평소 남편에게서 받아보지 못한 특별 대우라고 생각했는지 모른다.

M.E.의 첫 번째 관문인 발 씻겨주기 훈련은 이렇게 진행되었다, 남편이 사회생활과 돈벌이하느라 미처 몰랐던 사실, 즉 아내의 잡다한 집안일, 자식 키우기, 남편 뒷바라지 등 갖가지 노고를 잊지 말고 대접을 해주어야 한다는 뜻으로 받아들였다.

참여한 모든 남편이 평소 이렇게 아내를 공경하고 대우해 준다면 집안이 화목할 것으로 생각했으리라. 구태여 말을 안 해도 수녀님은 '가정을 다스리기 위해 남편이 갖추어야 할 첫 번째 덕목'이라고 말하고 싶었을 것이다.

아니나 다를까. 수녀님이 과제를 끝낸 남편에게 한 사람씩 소감을 말해 보란다. '수녀님이 바라는 정답은 뻔하다. 남달리 난 좀 색다른 대답을 해야지'하고 싱거운 마음을 먹었다. 나의 소감 차례가 되었다. "아내 발을 씻겨주면서 이런 생각이 들었습니다. 만일 저의 어머니가 이 장면을 보았으면 가슴이 아팠을 겁니다" 옆에서 다른 부부들이 키득키득 웃는 소리가 들렸다. 그러나 수녀님은 웃지 않았다. 의도를 벗어나는 뚱딴지같은 소리에 미웠거나 못마땅해했을지 모른다.

지금도 혼자서 그 당시를 생각하면 피식 웃음이 나온다. 유교 성향이 유달랐던 우리 부모님 세대는 여자가 남자들 밥상에서 같이 밥을 먹지 못한 가정이 꽤 있었다. 지금은 상상하기도 힘든 일이다. 그래서인지 내가 결혼 후에, 어쩌다 부엌에서 아내의 설거지라도 도와주면 못마땅해하던 어머니였다. 남자 일, 여자 일을 칼로 두부 자르듯 구분해야 한다는 부모님이었다.

그런 어머니가 아내의 발을 씻겨주는 내 모습을 보았다면 어떻게 생각했을지 짐작이 가고 남는다. 10여 년마다 한 번씩은 M.E.를 다녀와야겠다고 다짐했었으나 아내에 대한 발 씻김은 그때 1회로 끝났다. 아내의 발을 씻겨주면서 내 눈높이를 낮추어야 할 텐데 좋은 관습인 걸 알면서도 집안에서는 잘되지 않았다.

교육을 이틀 동안 받으면서 아내와 격의 없는 대화로 나 자신을 되돌아볼 좋은 기회였다. 마치 속까지 보이는 커다란 거울 앞에서 나를 비추어 보는 것 같았다. 남존여비의 유교 분위기에 젖으며 자란 나는 가부장적이었고, 아내를 대할 때 우월감이 몸에 배지 않았나 성찰도 하였다. 아내가 집안에서 하는 일이 힘이 들고 크게 보는 계기가 되었다.

현대 사회에 떠도는 인명재처人命在妻, 처화만사성妻和萬事成이란 말을 들었다면 부모님은 어떤 반응을 보였을까 궁금하다. 아마도 '세상 말세여' 하시며 혀를 끌끌 차셨을 거다. 남녀의 위상 변화 추세에 맞게 발 씻어주는 의식도 '이제는 아내가 남편의 발을 씻겨주어야 맞지 않을까' 하며 혼자 미소 지을 때가 있다.

아내의 발을 씻겨주는 일은 작은 정성이었지만 울림은 컸다. 화목한 가정의 문을 여는 열쇠가 되었을 뿐만이 아니라, 부부 사이를 밀착시켜 주는 구실도 했다. 그때 낮추어진 눈높이가 정년퇴직 후, 제2 인생을 사는 오늘까지도 많은 도움을 주고 있다. 내가 좋아하는 자유인이란 행동반경이 시나브로 줄어들었는지 모르지만 부부 공동의 영역은 늘어났으니 이 또한 소득이라고 할 수 있다.

이런 조그만 관심이 부부가 늙어 이별할 때까지 사랑하며 살 수 있는 원동력이 될 것이라 믿어 의심치 않는다.

* M.E. : Marriage Encounter의 약자로 부부 일치운동이라고도 한다. 천주교회에서 운영하는 1박 2일 또는 2박 3일 동안의 부부 합숙 프로그램으로서, 부부간 성역 없는 대화와 자기 성찰을 통해서 상대방을 이해하고 자신을 깨우치는 교육과정이다. 궁극적으로는 부부간 또는 가족 간의 화목으로 평화로운 가정을 이루는 것을 목표로 한다.

부부 봉사자가 남긴 비행운

"여보, 당신 성당 반장 좀 맡으면 안 될까?"

"안 돼, 몸이 감당하질 못해"

작년 여름이었다. 내가 성당의 남성3구역장을 맡고 있을 때 여성3구역장으로부터 부탁을 하나 받았다. 우리 구역 4반의 여성 반장이 공석이니 적임자를 추천해 달란다. 내가 남성구역장이지만 골똘히 생각해 봐도 마땅한 여성 반장 후보자를 찾을 수 없었다. 적임자가 있다면 여성 구역장이 모를 리도 없는 일이다.

할 수 없이 아내에게 의사를 물어봤으나 그의 대답은 예상한 대로다. 며칠 후 시치미 떼고 다시 제의해 보았으나 마찬가지였다. 아내에게 강요할 수는 없었다. 과거에 레지오 단장까지 맡아 활동하던 아내였지만 등반사고 이후로 몸 상태가 좋지 않음을 알고 있기 때문이다. 그래도 반장을 추천해야 한다는 소명을 버리기 어려웠다.

약 4년 전쯤, 내가 남성3구역장이 공석이 된 지 1년 만에 구역장을 맡게 되었다. 성당에서 죽산 성지순례를 갔을 때, 그 당시 남성총구역장과 전 사목회장을 역임하신 두 분이 날 찾아왔다. 날 보고 1년만 구역장을 맡아 달라고 사정을 했다. 나의 고사와 그들의 간청이 팽팽히 맞섰다. 결국 내가 고집을 꺾고 구역장을 맡게 되었다. 이 성지가 신앙을 지키려다 순교까지 한 분을 기리는 곳인데, 내 사생활도 바쁘지만 십자가를 지고 봉사하기로 마음먹었다. 그 후 구역장이나 반장의 공석이 성당의 사목 활동에 얼마나

지장을 주는지 잘 알았기 때문에 아내에게 반장을 부탁하지 않을
수 없었다.

　여성 반장을 구하지 못하고 체념을 한 지 얼마 후의 일이었다.
아내가 성당의 어느 모임에 갔다가
　'성당 봉사 일을 너무 거절하는 것도 하늘에 대한 폭행이다.'
　이런 말을 들었다며 반장을 안 맡은 일이 부담된다고 한다. 기
회는 이때라는 생각하고 흔들리는 아내를 설득하였다. 몸에 무리
가 안 가도록 할 수 있다고 용기를 주었고, 드디어 아내는 반장을
승낙했다. 난 아내가 홀가분한 마음일 거라고 예상하면서도 아내
의 마음이 변하기 전에 부랴부랴 여성구역장에게 기쁜 소식을 전
했다.

　아내는 결국 반장일을 맡게 되었고, 반원들을 사귀며 길잡이 책
자도 나누어주고 무너진 조직을 일으켜 세우기 시작했다. 지난 9
월에는 일본 성지순례도 다녀왔다. 여행을 갈까 말까 망설이는 아
내를 위해 여행 경비를 기꺼이 입금해 주고 떠밀 듯이 성지순례를
보냈다. 일본 성지순례의 마지막 날 밤, 한 호텔에서 신부님과 같
이 빙 둘러앉아 소감을 말하는 자리에서 아내는
　'저는 남편이 입금한 여행 경비가 아까워 성지순례를 오게 되었
다'라고 실토해 좌중을 웃겼다고 했다. 본당에서 행사를 치를 때
나, 얼마 전에 구역별로 성당에서 성모상을 분배할 때, 우리 부부
는 봉사를 함께 하기도 하였다. 어느 때는 아내가 성당 봉사가 끝
나고 몸살을 며칠씩 앓기도 했다. 그래도 맡은 바 임무를 불평 없
이 수행하고 있으니 대견한 생각이 든다.

　우리 부부는 어제도 오늘도 구역 모임에 형제, 자매님을 한 명이라도 더 모이게 하려고 분주하게 뛰어다니고 있다. 소공동체 활동이 전혀 쉽지 않으리라고 예상은 했지만, 막상 주위의 협조가 마음처럼 원만하지 않을 때에는 서운한 마음이 들기도 했다. 그럴 때면 상처받지 말자고 용기를 북돋우며 서로를 위로해 주기도 한다. 우리 내외 봉사자가 남긴 비행운을 바라보니 쉬 없어지지 않는 것 같다.

　'하느님이 보시기에도 좋지 않으실까' 생각하면서……

퐁퐁 커피

서울 어느 성당에서 구역장을 맡을 때 일이다. 구역 신자 중에서 믿음이 독실한 P 형제의 사무실을 구역 교우들과 함께 방문한 일이 있다. 그 형제는 3년 동안 붓펜 316자루를 소비하며 성경을 전부 필사했고, 신부님으로부터 칭찬과 축복을 받았다. 성경 필사본을 그의 사무실에 보관하고 있으므로 격려를 해줄 겸, 구역 교우들이 모범 사례를 본받기 위해서 갔던 것이다.

사무실에 들어가 성경 필사본을 바라본 일행은 우선 많은 양에 놀랐다. 성경 전량의 필사본 7권의 부피가, 모조 전지의 절반 정도 크기에 높이는 자그마치 1미터 가까이 되었기 때문이다. 하루도 쉬지 않고 몇 시간씩 필사하여 3년 만에 마치었다니, 그 형제의 신앙심과 열성에 놀라지 않을 수 없었다.

소파에 둘러앉아 일행 8명이 주인공에 대한 칭송과 함께 이런저런 얘기를 나누었다. 여기까지는 좋았다. P 형제는 손님에게 차를 대접한다고 물을 끓이고 부산을 떨었다. 조금 지나 각 교우 앞에 커피잔이 하나씩 놓이고 커피를 채웠다. 설탕을 넣지 않은 블랙커피였다. 먼저 커피를 맛본 형제가 설탕을 주문했다. 주인은 얼른 설탕 시럽 병을 가져왔다. 일행이 돌려가며 서너 차례 펌프질해서 찻잔에 설탕물을 넣었다. 한두 모금씩 커피를 마신 형제들이 있었고, 내가 시럽 설탕을 넣고 커피를 한 모금 삼키는 순간이다.

이게 어찌 된 일일까. 목을 톡 쏘면서 맛이 이상했다. 다시 한 모금 마셨으나 마찬가지였다. 고개를 갸우뚱하면서 설탕 병을 조심스럽게 살펴보았다. 외국제의 요란한 상표가 붙어있어서 얼핏 보아 무슨 병인지 쉽게 알 수가 없었다. P 형제가 외국을 자주 다니니 외국 설탕 시럽은 이런 것도 있나 보다고 생각했다. 다시 한 번 커피를 한 모금 넘겼다. 이번에는 구역질이 났다. 할 수 없이 난 주인을 불렀다.

"형제님, 이것 설탕 시럽 맞아요?" 그가 잽싸게 달려와서 문제의 설탕 병을 확인한다. 그러더니 얼굴이 붉으락푸르락해진다.

"이건 설탕이 아닌데, 이걸 어쩌나…."라고 목소리가 기어가며 쩔쩔매는 게 아닌가.

다른 교우들도 눈이 휘둥그레지며 서로 얼굴을 쳐다본다. 표정이 일그러지고 구역질을 참는 사람도 있었다. 어느 교우는 블랙으로 먹으려 했는데 왜 설탕을 넣어줬느냐며 옆자리 동료에게 핀잔을 주기도 한다.

P 형제는 그 시럽이 무슨 병이라고 차마 말하지 안 했지만, 알고 보니 주방 세제였다. 주인은 무안해하며 커피잔을 도로 가져갔다. 그런 후, 커피를 다시 끓이고 이번엔 제대로 된 설탕 시럽을 가져왔다. 우리 일행은 마음을 가라앉히고 아무 일 없었다는 듯이 커피를 맛있게 마시며 대화를 이어갔다. 세상에 별 경험도 다 한다고 생각했다. 사람들이 외모만 중요시하고 겉만 가꾸니 속까지 잘 씻으라는 계시 같았다. 설탕 시럽의 실수로 인한 우발적 사건이 오히려 구역 교우들에게 특별한 체험을 시켜준 셈이다.

주방 세제의 쓴맛을 길게 남기고 P 형제에게 축복을 빌며 사무실을 나왔다. 늦은 오후 땡볕에 그림자가 건물 벽에 부딪혀 꼬부라져 보인다. 속까지 씻어 단정한 모양인데도 그림자가 구부러진 건 순전히 건물 탓이라고 생각했다. 어떤 거울에 비춰보든지 그림자가 굽혀지지 않도록 바로 잡아보겠다며 속으로 되뇌었다.

'하느님, 저희 속까지 잘 씻었습니다'

왜 시를 쓰고 읽나

『시를 잊은 그대에게』라는 책을 읽었다. 이 책은 한양대 국어교육과 정재찬 교수가 쓴 시에 관한 해설서이다. 그는 독자에게 시의 아름다움을 돌려주고 싶어 책을 썼다고 했다. 또한 시에서 우러나는 아름다움, 낭만, 사랑 등을 그냥 지나치지 말고 우리가 살아가는 목적으로 삼으라고 한다. 그러기 위해서는 시인이 아닌 독자가 이런 책을 더욱 가까이할 필요가 있다. 시에 대한 높은 장벽을 가리고 살아온 사람에겐 시를 이해하고 친밀해질 수 있는 계기가 될 것 같다.

저자는 사랑, 낭만, 이별, 눈물, 죽음 기다림 등 다양한 분야의 시를 인용하고 적절한 해설을 붙이면서 인간의 삶을 조명하고 있다. 그중 '꽃이 피고 지는 것을 바라보고 인간의 삶과 죽음에 대해 고찰해 보고 어떻게 죽는 게 아름다울지' 생각해 보아야 한다고 했다. 매화, 배꽃, 복사꽃 등은 꽃잎 한 개 한 개가 낱낱이 바람에 날리면서 떨어져 마치 산화散華와 같은 풍장風葬이라고 표현한다. 한편 목련은 등불을 켜듯 피어나고 꽃이 질 때는 이파리가 나뭇가지에 너덜거리다가 떨어져 남루하고 참혹해 보이기까지 한다. 이것이 뒤끝이 지저분한 사랑이 아니라 끝난 뒤에도 그 끝까지 사랑하려는 순정의 표상이라고 느낀다.

시인의 심성을 잘 표현한 글 중 일본 작가 구리 료헤이가 쓴 단편소설 「우동 한 그릇」과 함민복의 산문 「눈물은 왜 짠가」를 인용

했다. 「우동 한 그릇」은 모자 세 사람이 우동집에 들어와 돈이 없어 달랑 한 그릇만 시킨다. 가게 주인은 그들의 자존심이 상하지 않도록 우동 한 그릇에 반 그릇의 양을 더 담아 내준다. 이 소설의 백미는 가게 주인의 이런 넉넉한 마음이 세 모자가 흐뭇하게 우동집을 나올 수 있었고 나중에 성공의 원동력이 된다는 데 있다.

한편, 함민복의 「눈물은 왜 짠가」라는 작품에서 어느 모자가 식당에서 각자 설렁탕을 시켜 먹는다. 어머니가 설렁탕 국물이 짜다고 주인한테 국물을 더 달래서 그것을 아들한테 부어준다. 주인은 이를 보고 애써 시선을 피하며 깍두기를 더 갖다줌으로써 독자의 콧등을 시큰하게 만든다.

여기에서 주목할 대목은 눈물겨운 어머니의 자식 사랑이 아니다. 현실에서 흔히 보듯이 식당 주인의 장삿속 이해관계로 돈 없는 손님에게 싸늘하게 대하지 않는 점에 주목해야 한다. 오히려 가난한 사람에 대한 지극한 사랑과 배려가 바로 독자의 심금을 울리는 점에 있다 하겠다.

이처럼 작가, 특히 시인은 시대의 아픔을 같이하고 인간의 슬픔이나 고통을 외면해서는 안 된다는 점을 문학작품을 통해 보여주고 있다. 고통을 모르는 사람에게 고통을 느끼게 해주고, 슬픔을 모르는 사람에게 슬픔을 깨닫게 해주는 사랑이 바로 작가(시인)의 사명이라고 할 수 있다. 그런 작가의 심정을 헤아리는 것이 시나 문학의 주제와 내용의 파악에도 도움이 된다.

현대는 황금만능의 시대이다. 인간보다 돈을 더 중요시한다. 현대를 악화가 양화를 쫓아내고, 불의가 정의를 밀어내는 절망의 시대라면 지나친 말일까. 그렇더라도 우리 사회를 절망으로만 바라보지 말고, 소수의 인간일지라도 희망의 불씨를 찾는 일 또한 작가의 몫이라고 할 수 있다.

　이 책의 후반부에 들어서면서 소설, 영화, 다큐멘터리, 기타 그림 등과 시를 융합한 내용을 장황하게 늘어놓아 지루한 감이 있다. 기성세대라면 유치환과 박목월의 러브스토리는 모르는 사람이 거의 없다. 김유정, 최인호, 천상병 작가의 생애와 죽음에 관한 얘기도 많이 알려져 있어 신선한 맛이 떨어진다. 저자가 이 책을 집필하면서 청소년 학생들을 주된 독자층으로 고려한 듯하다.
　뒷부분에 나오는 「한밤중에 눈이 나리네. 소리도 없이」라는 소제목의 글 내용은 맛깔스러운 감이 있다. 잘 알려진 김광균의 시 '설야'에서 '머언곳에 여인의 옷벗는 소리'라든지, 용각산의 '이 소리가 아닙니다'라는 광고 문구 등은 모두가 침묵(조용함)을 소리와 대비시켜 역설적으로 표현한 시의 기법이라고 하겠다.

　이 책에서 저자의 의도는 시와 인간관계의 깊이 있는 통찰이나 시를 통한 삶의 본질 규명이 아닌 것 같다. 철학이 철학자의 전유물이 아니고 모든 생활인의 관심이어야 하듯 시 또한 시인의 전유물이 아니고 많은 독자와 함께 할 때 의미가 있다. 이 책을 읽고 청소년층이나 일반 독자가 시에 대한 낭만은 물론 그 이상의 형이상학적인 가치의 삶에도 도움이 되기를 기대한다.

허난설헌의 시혼은 잠들지 않는다

'난설헌'은 최문희가 지은 소설이다. 저자는 경남 산청 출신으로 서울대 지리교육과를 졸업했다. 1988년 '돌무지'로 월간문학 신인상을 수상하며 문단에 등단했다. 소설집 '크리스탈 속의 도요새', '백년보다 긴 하루', '나비 눈물' 등이 있으며, 작가세계문학상, 국민일보문학상, '난설헌'이란 소설로 제1회 '혼불문학상'을 수상하였다.

이 작품은 본명이 허초희許楚姬인 실존 인물이었던 주인공 허난설헌의 일대기를 그린 장편소설이다. 여기서는 주로 남편 김성립과 혼인예식인 함을 받고 초례를 치르는 장면부터 시작하여 그녀의 죽음으로 대단원의 막을 내린다. 성리학이 지배한 남자 위주의 유교 사회에서 불우하게 살아간 천재 여류 시인의 삶을 그 시대 거울에 비추어가며 한땀 한땀 바느질처럼 조명하고 있다. 시인보다는 여인의 삶에 초점을 맞추면서, 사무친 한을 시 문장으로 녹여갈 수밖에 없는 폐쇄된 사회에 대한 비판으로도 볼 수 있다.

허난설헌은 1562년, 강릉 초당마을에서 대사간과 대사성 벼슬을 지낸 허엽許曄과 후처인 강릉김씨 사이에서 셋째 딸로 태어났다. '홍길동전'의 저자 허균이 그녀의 동생으로 부자 5명이 모두 문장가인 집안이다. 총명한 두뇌를 타고나 어려서부터 그 자질을 유감없이 발휘하였다. 그녀는 오빠 허봉許篈과 동생 허균許筠의 글 읽는 소리 낭랑한 자유스러운 집안 분위기에서 자라나며 어깨너머로 글을 익혔다. 7세에 글을 깨쳐 이미 시를 지었고, 8세 때는 '광한전 백옥루 상량문'을 지어 신동 소리를 들었다. 당시 여성으로서는 드물게 자[景樊]와 호[蘭雪軒]를 지니고, 당대의 손꼽히는 삼당시인三唐詩人 손곡 이달李達 스승에게서 학문을 체계적으로 배워 시의 향기를 분출할 수 있었다.

15세에 남편 김성립과 결혼하기 전까지 높은 벼슬 집안의 규수로서 학문과 시 창작에 묻혀 살며 남부럽지 않은 나날을 보냈다. 남편 김성립은 안동김씨 양반 집안으로서 5대가 과거에 급제한 명문대가이며 오빠 허봉과 동문수학한 김첨과의 교분 때문에 그 아들인 성립과 결혼이 이루어졌다.

허난설헌은 총체적인 아름다움을 갖춘 여인이었다. 정숙하게 생긴 외모에, 여성스러운 고결한 품성을 지녔다. 원망이나 미움을 바깥으로 표출하지 않고 자신 내부로 승화시켜 시와 문학으로 여과시켰던 맑은 영혼의 소유자였다.

그러나 결혼이라는 여자의 통과의례를 거치면서 시어머니 송씨의 구박과 남편의 무시에 가까운 무관심에 부딪치면서 시련이 그녀를 휘감기 시작한다. 범부와 범부의 결혼생활도 열두 고비를 넘어가야 하지만, 세속에 적응 못 하는 시인 며느리와 자존심이 구겨진 낙방거사와의 결혼 고개는 얼마나 가팔랐을까 짐작이 간다. 시댁과 화학적으로 결합하지 못하는 허난설헌으로서는 남편과의 만남은 예고된 불행이었다. 이상은 높고 현실이 따라주지 못하는 닫힌 현실 벽에서 그녀의 출구는 시문詩文과 아이들뿐이었다.

그녀의 육신은 이승의 진흙에서 뒹굴었으나, 영혼만은 별유천지 비인간에서 신선들과 함께 거닐었다. 그것만이 그녀의 즐거움이고 구원이었다. 세상과 융합하기 어려웠고 뒤떨어질 수밖에 없어 그럴 때마다 시작詩作으로 위안을 삼을 수 있었으나, 두 아이의 혈육마저 잃은 후로는 그녀의 존재 이유마저 상실케 되었다. 이상과 현실의 틈바구니에서 몸부림치던 그녀가 안주할 곳은 오로지 피안의 세계였다. 두 아이와의 영원한 이별을 노래한 '곡자哭子'와 '부용꽃 27송이가 붉게 떨어진다'라고 읊으며 죽음을 예고하는 '몽유광상산시夢遊廣桑山詩'를 남기고, 27세 나이로 그녀가 그토록 원했던 신선 세계에 들게 되었다. 1589년 3월, 불꽃처럼 살다간 짧은 생을 마감하고, 경기도 광주시 초월읍에 있는 선영에 잠들어 있다.

이 소설은 허난설헌이란 여인의 삶과 한을 소설이란 형식으로 일대기를 엮었지만, 저자가 말했듯이 '작가의 허구적인 설정의 가미가 허난설헌의 품위손상을 비껴갔으면 좋겠다'라는 구절이 가슴 한구석을 떠나지 않았다. 이는 바로 가공인물 최순치와의 연정을 그린 것으로 해석된다. 허난설헌이란 아름다움의 화신을 그냥 죽음을 맞이할 수는 없겠다거나, 또는 허구의 짜릿한 재미를 곁들여 보려는 저자의 뜻을 이해 못 하는 바는 아니다. 그러나 과연 지하의 허난설헌이 이 부분을 어떻게 받아들일까. 첨화사족添畵蛇足과 같은 일탈이라는 생각을 감출 수 없다. 당시는 삼종지도三從之道나 칠거지악七去之惡과 같은 부덕婦德이란 높은 벽으로 에워싸인 성리학 이념 사회였다. 여인의 고통을 참고 견디며 죽음까지 달게 받아들인 실재 인물인 허난설헌의 이미지에 실망이나 현혹을 안겨준 독자가 많았으리라 생각된다.

안팎으로 부족함이 없이 살다가 출가한 허난설헌이 생전에 세 가지 한이 있다고 토로한 바 있다. 여자로 태어난 것, 조선에서 태어난 것, 남편의 아내가 된 것이 그것인데, 지금 시대에 태어났으면 어땠을까. 여자로 태어났더라도 결혼이나 배우자는 골라서 할 수 있는 일이고, 마음껏 꿈의 시 세계를 펼쳐보는 유명 작가가 되지 않았을까. 남이 따라오지 못하는 페미니스트 경지를 활보하는 그녀를 상상해 본다. 자기 의지대로 살기 어렵고 환경의 지배를 받는 인간이지만, 시대를 잘못 타고나 아까운 인재가 스러져 간 안타까움을 금할 수 없다.

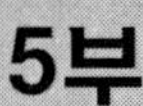

5부

고생인지 보람인지

한국을 떠나 워싱턴에 도착한 날이 현지 시각 2019년 2월 21일 오전 10시였다. 덜레스공항은 적지 않게 쌓인 눈이 이방인을 맞이하고 있다. 어제 내린 폭설로 학교 휴교령까지 내렸다 한다.

한국에서 짐을 싸고 출국 준비를 하느라 아직도 몸은 고단했지만, 새로운 변화에 대한 기대감으로 설렘이 없지 않았다. 둘째 아들이 주미한국대사관으로 발령받아 손자 두 명과 함께 가는 가족들을 돌보기 위해 아내와 함께 가는 길이었다. 며느리는 직장 일 때문에 같이 가지 못해 우리가 뒷바라지를 해야 했다.

5년간의 A-1 비자 때문인지 쉽게 입국 절차를 마쳤다. 6개의 짐을 콜밴에 싣고 도착한 곳은 버지니아주 북쪽에 있는 스테이브릿지(STAY BRIDGE)라는 호텔이었다. 새집을 구할 때까지 임시 거처였다. 투숙객의 비즈니스와 살림을 겸한 시설이 갖추어져 생활하기에 편리했다. 다만 비행기로 싣고 온 가족의 5명분 짐이 20여 개이니, 이를 수납하고 정리할 공간이 부족한 게 흠이었다.

그 이튿날, 아침에 호텔에서 아침을 먹는 중이었다. 옆에는 우리와 비슷한 처지의 주미대사관 직원 아이가 느닷없이 투정을 부린다. '난 미국이 싫어' 그 부모가 당황해하는 기색이 역력하다. 아마도 어린애한테는 장난감 가지고 마음대로 뛰놀지 못하는 호텔 생활이 불편했던 모양이다. 그에 비하면 우리 아이들은 배드민턴도 치며 쾌활하게 잘 지내니 대견스럽다.

그러나 그것도 잠시, 좁고 높은 식탁에서 둘이 같이 공부하다 보면 책들이 겹치면서 다툼이 시작되었다. 10살의 작은 손자 하는 말이 "할머니, 형 때문에 우울증 걸리겠어." 우습기도 하고 앙증맞기도 하다.

2월 28일, 드디어 새집으로 이사했다. 1월 16일 한국에서 배편으로 부친 짐도 마침 도착하는 날이다. 보금자리는 호텔에서 가까운 2층 단독주택이다. 이 지역은 아파트가 별로 없는 것이 특징이다. 호텔에서 가져온 짐 20여 개, 배편으로 도착한 짐이 50여 상자나 된다. 작지 않은 집이 짐으로 가득 찼고 땀을 뻘뻘 흘리며 하나하나 정리해야 했다. 그래도 5명이란 적지 않은 식구가 생활하려면 아파트 한 채를 옮겨와야 할 듯 가져온 짐으로서는 지내기에 부족하기 그지없다.

우선은 불편을 감수하며 생활 가구나 식료품을 하나하나 마련해야 했다. 아들은 교육청을 방문해 손자들 입학 절차를 밟고, 병원에서 건강진단서를 발급받아 인근의 공립초등학교에 입학 절차를 마쳤다.

5학년을 마친 큰 손자는 6학년에, 2학년을 마친 둘째 손자는 3학년으로 배정받았다. 등굣길은 통학버스가 있어서 다행이었다. 한국과 같이 점심때 급식제도도 있어 한시름 놓았다. 이제 낯설고 언어가 다른 이국땅에서 적응을 잘해 푸른 꿈을 키우길 바랄 뿐이다. 학교에 다닌 지 이틀쯤 되는 날 큰손자에게 물었다.

"서준아, 오늘 학교 어땠어? 그리고 너희 반에 반장은 있니?"

"공부하긴 재미있어요. 근데 이런 민주국가에서 반장이 어딨어요!?"

어, 요놈 봐라. 대답이 제법이네. 어린이 같지 않고 제법 논리적이다. 앞으로 언행에 신경 써야겠다고 다짐해 본다.

하루하루가 고된 나날 속에 물품을 새로 사들이고 정리정돈하며 살았다. 그런 와중에도 이웃에 외교관과 대학교수 등 한국인이 거주하고 있어 불편을 덜 수 있었다. 새로 이사 온 우리에게 서로 도움을 주며 가르쳐주어서 고맙기 그지없었다. 같은 동포의 온정을 느꼈다. 감사하다고 인사하면 자기들도 그런 도움을 받았으니 당연하단다. 우리도 미국을 떠날 때쯤이면 이런 전통을 물려주어야겠다.

며칠 전에는 한국계 대형 상점인 'H 마트'와 '코스트코'에 이웃 외교관 부인의 차량 지원과 안내로 필요한 물건을 사러 갔다. H 마트는 예상한 대로 한국계 식품이 즐비했다. 두 곳 매점을 뒤지며 필요한 식료품과 과일, 주방 자재와 생활 비품 등을 한 차 가득 싣고 집으로 돌아왔다. 9시에 출발해서 12시가 넘도록 커다란 매장을 돌아다녔다. 가구 이외는 우선 급한 불을 끈 셈이다. 굳이 함께 점심 먹자는 우리의 제의를 그 부인이 고사해 허기를 참으며 집으로 돌아와 점심을 해결할 수밖에 없었다.

그런데 몸이 지쳐 움직이기조차 어렵다. 아내가 짜장면을 어렵게 요리해 식탁에 올려놨지만 먹기가 힘들었다. 그대로 방에 쓰러져 누웠지만, 머리는 지근지근하고 추위가 느껴진다. 가져온 감기약을 꺼내먹었지만 지친 몸은 꿈지럭거리기조차 힘들다. 이래서 과로로 쓰러지는가 보다는 생각이 든다.

마치 모세가 이스라엘 교포들을 이끌고 홍해를 건너 시나이반도 광야에서 40년을 헤맬 때가 이런 고생이 아니었을까. 아니면 일본 소설 '인간의 조건'에 나오는 가지 일병이 만주 전쟁에 참전해 갖은 고초를 겪다가 패잔병 신세로 사선을 넘고 기어 귀가하면서 사랑하는 아내가 기다리는 집 문전에서 쓰러져 죽어가는 고생이 바로 이럴까 하며 쓴웃음을 지었다. 하루 만에 기력을 되찾아 아내의 집안일을 도와줄 수 있었으니 다행이 아닌가 싶다.

13살과 10살짜리 손자들을 돌보는 일도 장난이 아니다. 눈높이를 낮추어 그들과 대화하고, 같이 놀아주고, 같이 운동하고, 학습지도도 해야 한다. 때로는 훈계도 해야 하고, 학원까지 운전도 하는 다역을 해야 한다. 고생인지 보람인지 헷갈린다.

우리 부부가 한국에 살 때는 저녁노을 바라보는 여유와 관조의 자유스러운 삶이 가능했다. 이제는 그렇지 않다. 톱니바퀴처럼 팍팍하게 돌아가는 삶에 리듬을 맞추어야 한다. 이제 2, 3개월 후면 정상궤도에 올라서겠지. 고생은 줄어들고 그 자리를 보람이 채워주지 않을까 기대하고 싶다.

미국에 살다 보니

　천혜의 자연을 가진 나라, 풍부한 자원의 나라가 미국이다.

　미국의 버지니아주 북부 맥클린에서 만 3년 동안 살면서 무엇보다도 부러운 것이 자연환경이었다. 우리나라가 삼천리금수강산이라고 하지만, 이곳 사람들도 분명히 자연의 무궁한 혜택을 누리고 있다.

　미세먼지 없는 깨끗한 공기, 충분한 햇볕과 적당한 강수량, 뚜렷한 사계절과 혹한이 없는 겨울, 어디 가나 드넓은 공원과 울창한 수목 속에 뛰노는 야생동물들, 이런 자연의 축복 속에서 삶이 어찌 풍요롭지 않겠는가. 좋은 환경이 주민에게 여유 있는 삶의 밑거름이 되었을 것이다. 오가며 처음 만난 사람에게도 대부분 눈인사나 미소를 보내는 그들이다.

　미국의 참모습을 알기 위해서는 교외에서 살아볼 필요가 있다. 푸른 초원 위에 그림 같은 집들이 낭만을 불러오기 충분하다. 한국인이 어느 정도 사는 곳엔 한국계 대형마트가 있고 식료품도 싼 편이며 먹거리는 불편한 게 없다. 식생활은 여기가 한국이 아닌가 착각할 정도여서 가족들이 음식 때문에 고생하지 않았다.

　미국은 차량 홍수 속에 생활 자체가 차와 더불어 사는 삶이다. 이곳에 살면서 부러운 점이 바로 교통문화였다. 길이 넓고 좌, 우회전과 직진 차선이 잘 배치돼 있고 교통신호도 전자감응식이라 편리하다. 여기에 양보 잘하고, 질서 지키고, 여유만만한 운전 자세는 배울 점이 많다. 차보다 사람이 먼저라는 인간 존중 의식이 철저하다고 할까. 신호 없는 건널목에 보행자가 서 있으면 달려오는 차가 절반 정도는 정차하고 사람을 먼저 건너게 해준다. 그 외에도 클랙슨 누르지 않기, 네거리에서의 일단멈춤, 교차로에서 꼬리물기 않기 등의 태도는 본받을 만하다. 미국에 발을 디딘 후 낯선 고속도로에서 처음 가졌던 운전 공포심도 쉽게 사라질 수 있었다. 반면에 대도시는 교통질서가 떨어지고 주차장 시설도 좋지 않다.

미국 생활에서 가장 큰 보람은 무엇보다 두 손자의 교육 문제를 꼽을 수 있다. 생각보다 쉽게 현지 적응을 잘했고, 우등반에서 남보다 뒤지지 않았기 때문이다. 한국에서 5학년을 마친 큰 손자는 미국에 도착하자 6학년 2학기에 편입해, 토론 발표회 등에서 동료들과 어깨를 겨누었고 졸업할 때는 트럼프 상까지 받았다. 둘째 손자는 3학년 2학기에 편입했는데, 처음에는 언어나 수학의 용어 때문에 힘들어했으나 곧 극복해 나갔다. 3년의 수업을 마치고 귀국할 때는 모두 원주민 수준의 회화 실력을 갖추었다. 역시 어학은 조기 교육이 필요함을 실감했다.

또한 우리 가족 5명에게 잊을 수 없는 추억은 플로리다주에 있는 올랜도까지 왕복 자동차 여행이었다. 올랜도는 미국 남부의 디즈니랜드랄까 어린이들에게는 꿈의 동산 같은 곳이다. 인근에 있는 케네디우주센터도 방문할 수 있었다. 그뿐만 아니라 팬데믹 속에서 나이아가라 폭포와 바닷가재로 유명한 동북부 끝인 메인주를 돌아, 아이비리그 8개 대학을 차례로 방문한 10박 11일간의 자동차 3천 킬로 여행도 잊을 수가 없다. 어딜 가나 정글 같은 원시림을 뚫고 물질문명의 산물인 자동차를 타고 달리는 모습은 마치 원시림의 가르마 길을 타고 가는 장난감 같았다.

미국도 사람이 사는 곳이므로 빛과 그림자가 있다. 흑백 문제는 구조적인 아킬레스건이고 백인들의 화이트칼라 직업 독점에, 대부분 노동일은 히스패닉(중남미 스페인어 민족)과 흑인 담당이다. 트럼프 대통령 시절 중남미 불법 이민을 철저히 단속한 결과 지금은 업소에서 구인난이 심한 형편이다. 총기 허용으로 인한 범죄 발생률도 고민거리다. 이민으로 이루어진 다양한 민족이 살고 있으니 그들에게서 호감만 느끼는 건 아니다. 일부이지만 흑인의 무례, 히스패닉의 비양심, 동양인의 소아증小我症, 백인에게서는 오만을 가끔 느낄 수 있었다.

미국 생활에서 불편한 점이 있다면 의료보험제도를 들 수 있다. 나이가 들면 몸이 불편한 데가 생기기 마련이다. 나 같이 기저질환이 있는 사람은 평소 병원과 친해야 하나, 병원을 이용할 때마다 불편한 일을 여러 번 겪었다. 병원을 예약하려면 보통 2, 3주는 기다려야 하고, 심지어 3개월 후에나 진료가 가능한 경우도 있었다.

여기의 의료보험은 대부분이 사보험 제도이고 보험료가 비싸다. 비뇨기과 병원에서 전립선비대증 수술비용이 얼마냐고 물었더니 의사의 대답인즉 우리도 모른다며 보험회사에 문의해 보란다. 보험회사마다 진료비용이 들쑥날쑥 다르기 때문인가 보다. 한국 같으면 상상하기 힘든 일이다.

그곳에서 만난 나이가 지긋한 교포들은 그동안 미국에 정착하기까지 생업과 자녀 교육에 많은 고생이 있었음을 알 수 있었다. 6, 70년대를 거쳐 80년대까지 아메리칸드림을 위해 고국을 떠난 교포가 많았다. 그들이 노후에는 한국으로 돌아가 편하게 쉬고 싶다는 사람이 적지 않았다. 한국이 많이 발전했고 노인을 배려한 다양한 프로그램이 그들의 기대와 관심을 끌게 된 계기가 되었으리라.

마지막으로 이색 체험 두 가지를 소개하면, 미국에서 처음으로 차량 급유할 때였다. 이곳은 모두가 무인 주유인데, 차량을 운전한 지 한 달 정도 지나 미국에서 처음으로 주유할 때였다. 주유 리프트를 혼동하여 휘발유차에 경유를 넣을 뻔했다. 그 후 오일 종류를 선택하는 버튼에서 경유가 아닌 휘발유 버튼을 눌렀기 때문에 경유가 들어가지는 않았다. 사고가 없도록 이중의 안전장치를 해놓은 셈이었다. 용궁까지 갔다 온 기분이었다. 그들의 합리성과 실용성을 엿볼 수 있었다.

한편, 주위에서 쉽게 볼 수 있는 사슴이 어느 날 다리를 다쳐 개울에 빠져서 허덕이고 있었다. 바로 911에 구조 요청을 했고, 구조 경찰이 와서 현장에서 안락사시켰을 때 받은 충격은 지금도 가슴에서 지워지지 않는다.

텃밭에서

집 주위에 조그만 공간이 있으면 텃밭을 만들고 채소를 심고 싶다. 난 한국에 있을 때부터 꽃은 베란다의 화분으로 만족하고, 집 주변에 여유 공간이 있으면 늘 먹거리 채소를 심어 자급자족을 꾀했다. 음식으로 필요한 채소는 시장에 가면 많은 돈 들이지 않고 쉽게 조달할 수 있으나, 내가 직접 지은 유기농 농작물을 먹고 싶은 유혹이 옆구리를 쿡쿡 찌르기 때문이기도 하다. 그 외에도, 땀 흘리는 신성한 육체적인 노동 체험이라든가 콩 심은 데 콩 나는 흙의 정직과 성실함, 거름 주고 김매주면서 무럭무럭 자라는 농작물을 바라볼 때의 뿌듯한 성취감을 맛볼 수 있다.

미국 이 집으로 이사 온 작년도에 이어서 올해에도 채소 모종을 사들여 재배할 심산이었다. 이 계획은 코로나바이러스 때문에 보기 좋게 어긋났다. 사회적 거리 두기를 지키기 위해 집콕이란 수칙을 따라야 했고, 마트에서 필수품 구매 등 꼭 필요한 경우에는 나이 든 우리 내외를 대신해 젊은 아들이 대행했다. 아들한테 한국계 마트에서 파는 채소 종류까지 자세하게 설명하며 어떤 모종을 사 오라고 부탁하기는 어려웠다.

할 수 없이 작년도 농작물에서 채취해 보관하고 있던 씨앗을 심어보기로 했다. 상추, 아욱, 고추, 호박씨를 혹시 필요할지 몰라 모아둔 게 효자가 되었다. 밭을 일구고 씨를 뿌린 중에서 고추씨가 싹을 적게 틔웠고, 나머지는 새싹이 잘 나왔다. 들깨는 작년에 씨가 떨어진 터에 많은 새싹이 돋아나 원군을 만난 것처럼 반가웠다. 담장 밑으로는 호박 모종을 심었다.

북버지니아 봄 날씨는 비가 자주 내려 작물의 재배가 순조로웠다. 담벼락 밑에 심은 호박도 밑거름이 좋았던지 넝쿨이 곧장 뻗쳐나갔다. 토마토는 심지 않기로 했다. 작년에 주렁주렁 매달린 토마토를 발갛게 익기도 전에 사슴이 밤중에 허락 없이 침입해 먹어 치우고 쑥대밭을 만들어 놓았기 때문이다. 그때, 서운한 기분을 달래기 위해서 미국에 비싼 세금을 냈다고 스스로 위로를 한 일이 있다.

상추와 고추를 보면 몇 해 전 한국에서의 에피소드를 떨쳐버릴 수가 없다. 우리 집은 아파트인데 7층이었고 바로 위는 평평한 옥상이었다. 아내가 하늘이 준 이 공간을 그냥 보고 지나칠 리가 없다. 주위에 널려 있는 스티로폼 상자에 흙을 퍼담아 옥상에 밭을 만들자는 제의였다. 아내의 강요에 언감생심 거절을 못 하고 그때부터 아내는 입으로 농사짓고, 나는 땀 흘리는 농부 신세가 되었다.
그때, 잘 자라던 채소 중에서 상추와 고추에 진딧물이 많이 생긴 게 문제였다. 그렇다고 농약을 뿌릴 수는 없었다. 귀동냥과 인터넷의 얕은 지식을 활용하여 이를 물리쳐 보기로 했다. 식초에 물을 섞어 뿌리면 진딧물이 죽는다고 했다. 저녁나절 대야에 물과 사과식초를 적당히 배합하여 상추와 고추에 골고루 뿌린 다음 달뜬 기분으로 잠자리에 들었다. 진딧물과의 싸움은 싱거운 한판으로 끝나는 기대감에 부풀었다.
아침에 일어나자마자 발걸음은 부리나케 옥상으로 향했다. 눈앞의 고추와 상추를 본 순간 아연실색할 수밖에 없었다. 모두 된서리를 맞은 작물처럼 축 늘어져 죽어 있다. 놀란 아내는 나보다 채소가 더 중요했던지 '이 남자와 같이 살아야 하나 말아야 하나' 구시렁거리며 한바탕 소동을 벌인 사건이 있었다.

농작물은 주인의 발자국 소리를 듣고 자란다고 했던가. 이곳 뒷마당에 심은 상추는 날이 갈수록 나의 잦은 발자국에 보답이라도 하듯이 여러 이파리가 나오고, 아래 맏이는 손바닥 크기만큼 제법 자랐다. 뒤뜰에서 직접 재배한 상추를 따서 된장에 쌈 싸 먹는 상상만 해도 군침이 돈다. 상추 비빔밥이나 겉절이를 해도 맛있다. 이웃에 사는 한인에게 나누어주며 끈끈한 정과 뿌듯함까지 느낄 수 있다.

어느 날 내가 상추를 따서 담을 바가지를 가지고 가만히 그들 옆에 자리 잡고 앉았다. 어떤 음식 재료로 사용할지 행복한 고민을 하면서. 상추밭에선 세 자매의 두런거리는 소리가 들린다. 막내가 "언니야, 주인아저씨의 발자국 소리가 들린다. 우리 맛있는 밥을 가지고 왔나 봐 히히" 이어 둘째 언니는 "아니야, 우리 피를 빨아먹는 벌레나 잡초를 없애러 온 거야, 이 맹추야". 동생들의 시시덕거리는 소리에 맏언니는 "얘들아, 조용히 못 해, 너희와 내가 이별할지도 몰라" 그 대화를 듣고는 빈 그릇을 가지고 발걸음을 되돌릴 수밖에 없었다.

'이러다가 올해에 상추는 다 먹는 거 아냐?'

봄이 오는 길목에서

동장군이 아무리 위세를 떨쳐도 봄에는 못 당한다는 말이 있다. 몸을 움츠리게 만드는 혹독한 겨울이 가고 약동의 봄은 어디에서 오는가. 봄은 여자에게서 온다는 사람이 있는가 하면, 자연이나 마음으로부터 느낀다는 사람도 있다. 한국 같으면 동백이나 매화가 꽃망울을 터뜨리면 봄이 멀지 않았음을 알 수 있다. 이곳 미국 북버지니아에서는 내게 익숙한 이런 꽃을 보기 어렵다. 대신 눈 속에서도 피어나는 설강화雪降花나 크로커스가 언 땅을 헤집고 나오는 봄의 전령과 같다.

미국인들은 대부분 화려한 옷차림보다는 캐주얼하고 실용적인 옷을 걸치고 다니므로 한국과 달리 여자에게서 계절의 변화를 찾아보기 어렵다. 더군다나 사람이 북적거리지 않는 교외에 살다 보면 더욱 그렇다. 자연의 변화나 봄을 피부로 더듬어 보기 위해서는 공원이나 동네를 한 바퀴 돌아보게 된다.

작년 2월 중순 무렵, 아직도 잔설이 여기저기 눈에 띄는 추운 날씨였다. 맥클린 동네 주변을 산책하다가, 어느 집 앞 정원에서 수선화와 개나리가 몇 송이가 피어있는 것을 보았다. 걸음을 멈추고 떨고 있는 꽃을 한참 바라보았다. 사막에서 만난 오아시스처럼 반가웠고 한편은 애처로운 생각이 들었다. 겨울이 끝나지 않은 이 추위에 마치 엄마 뱃속에서 갓 태어난 칠삭둥이 어린애처럼 보였다. 또한 세상에 방금 나온 강아지가 눈 못 뜨고 엄마 품을 찾고 있는 듯이 보였다.

　우리는 지난해 봄부터 코로나바이러스로 인해 외딴섬에 갇힌 유배자처럼 울타리에 싸여 자유를 빼앗긴 신세 같았다. 일 년 가까이 지속된 유배 생활은 삶의 리듬마저 망가졌고, 어둡고 칙칙한 터널 끝은 어디쯤인지 보이질 않았다. 바삐 지나가는 걸음을 잠깐 멈추고 자아를 돌아보는 소득도 있지만, 역병疫病이 빨리 끝나 따뜻한 봄날을 기다리는 마음이 간절하다. 대부분 사람이 그동안의 소소한 일상이 행복이었음을 깨달았고, 좀 더 겸손히 옷깃을 여미는 모습도 눈에 띈다.

　지루한 집안에서의 격리 생활은 여기나 고국이나 마찬가지다. 지인 간에 서로 안부를 묻고 위로의 메시지나 영상을 주고받는다. 얼마 전에는 한국의 친구가 보내준 사연과 사진에서 짜릿한 봄의 맛을 느낄 수 있었다. 서울에 있는 탄천 둔치를 지키고 있는 버드나무가 벌써 어슴푸레하게 유록색柳綠色을 띠어가고 있단다.
　개천에서 꺾어다 놓은 버들강아지는 방안에서 연두색 꽃을 피웠다. 그 꽃을 확대해 보내주었는데 꼭 콩나물이 다듬잇방망이에 올망졸망 매달려 있는 듯하다. 오손도손 키 자랑하는 노란 나물들이 깜찍하다. 그 버들강아지는 콩나물을 품에 안고 기르는 마술을 부리고 있다.
　코로나 세상천지에, 밖에는 함박눈이 내려도, 콩나물이란 옥동자를 낳아 정성스럽게 보듬고 있는 것이다. 이게 봄을 손짓하며 가까이 부르고 있는 징표가 아니겠는가. 훈풍처럼 우리의 차가운 가슴을 녹여주고, 봄이 가까이 왔다는 명징한 울림이다.

워싱턴 지역에는 엊그제까지 십 센티미터 안팎의 눈이 내렸다. 포근한 날씨 끝에 제법 눈 다운 눈이 내렸다. 올겨울도 작년에 이어 따뜻한 겨울이 계속되어 눈 보기가 어렵지 않을까 조금은 아쉬운 생각이 들었는데 예상을 뒤집었다. 오늘도 그쳤던 눈이 이어서 내린다. 블라인드 창밖으로 쌓이는 눈을 바라본다. 코로나바이러스가 인간 세상을 평정하여 잘나고 못난 사람 가리지 않고 공격하므로 모두가 평등함을 일깨워주었다. 거기에 함박눈마저 수북이 쌓이니 피부색이 희거나 검거나, 재산이 많거나 적거나 지위가 높거나 낮거나 높낮이 없는 세상을 만들 기세처럼 보인다. 움츠렸던 어깨를 펴고 내려진 블라인드를 걷어 올렸다. 내리는 눈을 바라보니 따뜻한 세상에 온 것 같다. 가슴에 쌓인 수북한 눈이 사르르 녹아내리는 것 같다.

팬데믹 세상에서도 봄은 온다. 코로나바이러스가 인간을 가둘 수 있어도 봄은 가두지 못한다. 봄을 기다리는 꿈마저 가두지는 못한다. 우리의 삶이 팍팍하고 힘들어도 희망의 끈까지 버리지는 말자. 모진 추위를 견뎌내는 개나리나 보리, 마늘, 양파 같은 춘화현상春化現象 식물이 예쁜 꽃을 피우고 열매를 많이 맺는다.

과거 조선의 붕당정치에서 다산이나 추사는 오랫동안 벽지에서 귀양살이했다. 그들이 오두막집에 칩거하면서 지는 해나 바라보며 뒷짐 지고 세월이나 탓했다면 어떻게 되었을까. 목민심서나 세한도 같은 국보급의 문화 예술 작품이 세상에 나오지 못했을 것이다.

봄이 가까이 오고 있다. 따스한 햇살을 받으며 새싹이 돋아나고 곧이어 색색의 꽃이 필 것이다. 우리도 겨울잠에서 깨어나 봄 마중 채비를 차려야겠다.

반납의 매력

　한국을 떠나 미국에 살 때 느낀 점이 많았다. 그중에서 하나가 상품을 구매한 후 반납返納하는 제도이다. 반납 이유는 여러 가지다. 제품에 하자나 손상이 있는 경우, 규격이나 크기가 맞지 않는 경우, 색깔이 맘에 들지 않는 경우, 사용의 필요성이 없어진 경우 등은 물론이고 사고 싶은 마음이 변했거나 물건이 마음에 들지 않는 구실도 해당할 수 있다.

　한국에도 반납제도가 없지 않으나 적용이 제한되고 활성화가 안 되고 있다. 환불 정책이 미국보다 소극적이며 보편화가 되지 못하고 있다. 한국에서 물건을 산 후 맘에 들지 않아 반품을 시도했으나 받아들이지 않거나 까다로워 애를 먹은 경험이 있다. 미국의 쇼핑몰이나 마트 같은 곳에서 상품을 산 후 소정의 기한 내에 반납하면 이유를 묻지 않고 환급해 주고 있다. 소비자를 위한 제도나 정책에서도 선진국답다고 할까. 손님이 그야말로 왕이란 대우를 받는다고 느낀다. 포장지나 상표가 찢겨 나간 경우에도 반품 요구를 들어주니 소비자로서는 고맙기 그지없다.

　하루는 인근 자이언트라는 대형마트에서 다른 상품과 함께 수박 한 통을 사 온 일이 있다. 커다랗고 때깔도 좋은 수박이 5불인가 6불이었다. 한국 같으면 2만 원은 족히 줘야 한다. 집에 와서 수박을 자르고 보니 이게 웬일인가. 씨는 하얗고 불그레한 물감을 군데군데 뿌린 듯 전혀 익지 않아 보였다. 맛을 보니 비린내가 난다.

이걸 어쩌나, 수박을 두 토막으로 잘랐고 시식까지 했으니 한국 같으면 반환은 감히 마음먹기도 어려운 일이다. 미국은 반품의 천국이 아닌가. 밑져봤자 본전인데 한번 반품을 시도해 보자는 욕심이 들었다. 자이언트 매장 고객센터에 가서 사정 얘기를 하니 의외로 미안한 기색을 보이며 쉽게 환불해주었다. 물건을 구매한 후 영수증을 보관하는 습관은 미국에서부터 생활화해서 지금 한국까지 이어오고 있다.

반납 정책이 잘되어 있다 보니까 이를 악용하는 사례가 없지 않다. 한두 번 잘 사용을 한 뒤에 반품하고 환급금을 챙기는 경우가 있다. 우리도 몇 번 그런 경험이 있다. 손자들의 핼러윈 날 가면이나, 칼러니데이* 행사 의상 등을 구매하면 하루나 이틀 정도밖에 사용하지 않는다. 이를 묵혀두어도 내년에 다시 이용한다는 보장이 없다. 우리도 용기를 내서 이를 반환하고는 그 비용을 되돌려받은 경험이 있다. 겸연쩍기도 했고 야릇한 기분이 들기도 했다. 한국 같으면 어림도 없는 일이다. 받아주면 좋고 안 받아주면 그만이라는 생각에서 반품을 시도해 보면 미국에선 거절당한 기억이 별로 없다. 반납의 매력에 빠지지 않을 수 없는 이유다.

인간사에서도 반납이 있을 수 있을까. 우리의 삶에서 늙음이나 나이를 반환할 수 있다면 재미있는 일이 벌어질 것 같다. 대부분은 그 반납으로 환불을 받기는커녕 내 돈을 주고서라도 젊음을 되찾으려고 줄을 서지 않겠는가. 나이를 반납받는 사업만 개발한다면 재벌이 될 게 뻔하다.

작고한 어느 여류작가는 노후에 다시 젊은 시절로 되돌아가고
싶지 않다고 했다. 늙으니 이렇게 편하고 자유스러운데 왜 젊음으
로 돌아가느냐고 하였다. 그 말에 나도 전적으로 동감한다. 현실
적으로 나이나 늙음의 반환은 불가능하다. 만일 가능하더라도 실
제로 젊음으로 되돌아가고 싶지 않다는 소신은 변함이 없다. 어느
노철학자는 인생의 황금기는 60세부터 75세까지라고 하였다. 나
이가 들면서 음미해 보고 싶은 말이다. 초로에 접어들면서 인생의
황금기를 빼앗기고 싶지도 않지만, 성숙하지 않은 풋내기 삶도 바
라지 않기 때문이다. 젊음으로 되돌아간다면 나이 들어 욕심을 비
우거나 자유로운 생활이 가능할까. 평정심을 잃지 않는 삶을 누릴
수 있을지 의문이다. 쓸데없이 젊어지는 욕심보다는 현재에 최선
을 다하는 삶이 더 아름다울 수 있다고 본다.

* 칼러니데이 : 콜럼버스가 미국에 첫발을 디딘 후 영국의 식민지 시대의 의상
  을 입고 축제를 즐긴다. 주로 초등학생이 고대 의상을 입고 학교에서 남녀가
  손잡고 음악에 맞춰 춤을 춘다.

보았나 사슴의 눈물을

얼마 전 미국에 체류할 때, 구월 하순 무렵이었다. 아내와 같이 버지니아주 집 근처의 공원에서 걷기운동을 마치고 집으로 가는 길이었다. 집 부근에 조그만 개울이 흐르고 있다. 이 개울은 인도에서 삼, 사 미터 아래에 떨어져 있고, 그 주위에는 버드나무와 가시나무가 무성할 뿐 아니라 잡풀이 너저분하게 우거져 있다. 공원을 걷다 보면 몇 개의 비슷한 개울을 만나게 되므로 평소 별다른 느낌 없이 지나치곤 했다.

그날 나는 무심코 개울을 바라보고 있었다. 분명 그곳에는 보통 때와 다른 움직이는 물체가 보였다. 자세히 보니 제법 커다란 사슴이 냇물에 반쯤 빠진 채 허우적거리고 있었다. 사슴이 뛰놀거나 풀을 뜯는 모습은 주위에서 흔히 보아왔으나, 이처럼 위기에 놓인 사슴은 보기 어려웠다. 개울물이 얕아서 사슴이 빠질 물 깊이가 아닌데 이상하다는 생각이 들었다. 사슴은 물에서 뻐져나오려고 몸부림쳤으나 그곳에서 나오는 게 불가능해 보였다. 그곳이 바로 수렁이란 생각이 들었다. 농촌의 논이나 바닷가의 갯벌에 있는 수렁에 빠지면 쉽게 나오기 힘들 듯, 이 개울에도 그런 수렁이 있는 게 분명하다고 생각했다.

나와 아내는 사슴을 뚫어져라 바라보지 않을 수 없었다. 도저히 혼자서 빠져나올 가능성이 없어 보였다. 그냥 내버려두면 하루, 이틀 지나서 저 사슴은 죽을지도 모른다. 빠진 장소가 나무와 풀로 가려진 곳이라 오가는 행인에게 발견될 가능성도 없어 보였다. 사슴이 애처로워 보였다. 사슴을 구조해 주고 싶으나, 개울로 내려가는 길이 없고 풀과 나무 덤불이 무성하므로 접근할 용기가 안 났다. 구조 장비도 없고 사슴도 매우 커 보여 내 힘으로는 도저히 도움을 줄 수가 없다. 사슴을 구하려다가 오히려 내가 다치지 않을까 은근히 겁이 났다. 해결 방법은 관계 당국에 신고해서 구조하는 방법밖에 없다고 생각했다.

911 구조센터나 동물보호센터가 머리에 떠올랐다. 일단 911에 전화를 걸었다. 워싱턴디시 관할 911과 연결되었다. 대충 상황을 설명했는데, 상대방은 지금의 위치가 어디냐. 사슴이 어떻게 빠졌느냐, 다친 데는 없는 것 같으냐. 지금의 상태는 조금 전과 다르게 진척이 있느냐 등의 자세한 질문을 했다. 현재 상황을 구체적으로 설명하기는 내 짧은 영어로는 한계가 있었다. 그래서 한국어 통역인을 바꾸어 달라고 요청했다. 조금 있으니 한국어 통역인과 연결되었다. 현재 상황을 자세하게 설명해 주었다. 그녀는 즉석에서 영어로 누군가와 말하면서 알았다며 관할구역 동물 구조 전문가를 보내주겠다고 했다.

구조요원은 빨리 오지 않았다. 이십 분 정도의 시간이 지나니 침이 마른다. 사슴은 처절하게 몸부림치다 이제는 지쳤는지 조용하다. 지나가는 911차량이나 경찰차가 나타나지 않나 눈 빠지게 기다렸으나 허사였다. 안타까운 마음으로 사슴을 바라보니 사슴도 나를 뚫어지게 바라본다. 나를 바라보는 눈빛이 강렬하고 간절하다. 구세주를 만난 듯 제발 구해달라고 애원하는 것 같다. 시선을 우리에게서 한 번도 다른 곳으로 돌리지 않는다. 눈물방울은 볼 수 없었으나 사슴은 울고 있는 게 분명했다. 나는 사슴과 도로를 번갈아 살피면서 입이 타들어 갈 뿐 다른 도리가 없었다. 사슴은 숨이 넘어가는 듯 발버둥을 다시 친다. 그러더니 몸이 조금 올라온 상태에서 오른쪽 뒷다리가 다친 듯 끌고 있는 모습이 보였다. 911 담당자와의 대화에서는 사슴이 다친 것 같지 않다고 했지만, 지금은 골절당한 것처럼 보였다. 다리가 절반 정도 빠진 상태가 지속되었다.

십여 분이 더 지났을 때 구조차로 보이는 경찰차가 오고 있었다. 손을 들어 흔드니 조금 가다 되돌아서 우리에게 오는 게 아닌가. 구조차임이 분명했다. 비로소 안도의 한숨이 나왔다. 차량에는 '동물보호 경찰'이라고 쓰여 있었다. 차에서 경찰 제복을 입은 사람이 내려 우리에게로 다가왔다. 나는 사슴 있는 곳을 가리키고 상태를 확인 시켜주었다. 그는 사슴을 왔다 갔다 살펴보고는 구조 차량에서 바이올린 덮개[匣]같이 생긴 하나의 장비를 꺼내 온다. 아무리 보아도 들것보다 작아 보이는데 저런 구조품도 있는지 의아하게 생각했다. 또 이상한 점은 구조요원이 혼자라는 점이다. 아무래도 커다란 사슴을 구출해서 안전하게 혼자 들고 가기는 어렵지 않을까 생각했다.

경찰은 조금 생각하더니 우릴 흘긋 바라보며 말 대신 턱으로 현장을 떠나란다. 조금 전에 신고해 주어서 고맙다고 인사말까지 건넸던 그가, 구조하는 장면을 끝까지 보지 못하게 하니 이해가 가지 않았다. 그렇다고 집으로 돌아갈 우리가 아니다. 머뭇거리며 현장을 떠나지 않자, 그는 바이올린 덮개의 지퍼를 열고 무엇인가를 꺼냈다. 그것은 총이었다. 분명 총구가 긴 사냥총이었다. 그의 얼굴을 자세히 살펴보니 구원자의 인자한 모습이 아니라 험상궂은 사냥꾼으로 보였다. 나의 입에선 작은 신음이 새어 나왔다. '그렇게 끝나는구나. 구조가 아니라 안락사를 시키는구나.'

　이제는 현장을 떠나는 수밖에 없었다. 터벅터벅 집을 향해 발걸음을 옮겼다. 이, 삼분이 지났을 무렵 뒤에서 '땅' 하는 총소리가 들렸다. 조금 후에 총소리가 한 번 더 났다. 그러고는 그만이었다. 도저히 집으로 돌아갈 기분이 아니었다. 우리는 가던 걸음을 멈추고 십여 분 기다렸다가 현장엘 다시 가 보았다. 어떤 상태인지 궁금했다. 현장엔 아무것도 없었고, 빈자리엔 정적만이 아무 일 없었다는 듯 시치미 떼고 있었다. 경찰은 죽은 사슴을 차에 싣고 떠나버렸나 보다. 사슴이 냇물에 빠져 허우적거리던 곳엔 사슴의 눈물 자국만 덩그러니 남아있는 것 같다.

　조금 전 사슴의 눈물은 애원의 눈물이 아니라 이별의 눈물이었던가. 사슴은 이승에서 누군가와 눈이 마주치면서 이심전심 교감을 나누곤 눈물을 거두며 행복해했을까. 나를 바라보던 처절한 눈망울이 구조 경찰의 눈과 총구를 바라보고는 얼마나 절망감에 떨었겠는가. 위기에 빠진 동물에 대한 구조 여부나 구조 방법은 전문가 몫이지만, 사슴을 일단 구출하여 치료해 주고 목숨을 유지하는 방법은 없었는지 안타까운 생각이 든다.
　사슴을 구조하여 들것에 들고 차에 태워 떠나가는 예상은 보기 좋게 깨지고 말았다. 더 이상 고통을 느끼지 않고 편하게 죽음을 맞았으면 좋겠다. 사슴의 눈물이 나의 가슴에서 쉽게 마르지 않는다.

악마의 굿판

지구상에는 가끔 악마가 나타나 굿판을 벌인다. 보통 굿이 아니라 싹쓸이 굿판으로 불릴 만큼 충격이 대단하다. 과거에는 '흑사병'이나 '풍토병'이란 굿판이 있었다면, 최근에는 '사스'나 '메르스', '코로나19'의 바이러스가 도깨비 굿판을 벌여 세상을 공포의 도가니에 빠뜨리고 있다.

이들 악마 바이러스는 무차별로 괴질을 퍼뜨려 인류를 벌벌 떨게 만들고, 무시무시한 저승사자의 악명을 떨치고 있다. 또한, 죄 없는 사람이나 의료진의 목숨까지 막무가내로 굿판의 제물로 바치도록 강요한다. 인간은 그들 앞에 작고 구부러진 그림자를 드리우며 쩔쩔매고 있는 형국이다.

16세기 중남미의 아스테카 왕국과 잉카 제국은 천연두 바이러스 때문에 국가가 무너졌다. 스페인의 군인들이 휘두른 신식 무기보다는 전염병을 앞세운 침략 작전이 원주민을 쉽게 정복할 수 있었던 요인으로 보고 있다. 원주민들은 처음 접하는 괴질에 면역력이 없어서 속수무책으로 허물어지고 말았다. 이처럼 악마 바이러스는 인류의 면역 사각지대나 틈바구니를 귀신같이 파고들면서 세상을 발칵 뒤집어놓는다.

악마는 인간과 싸움에서 쉽게 물러서지 않는다. 오히려 토네이도처럼 순식간에 인류를 얽어매어 나락의 늪에 빠뜨린다. 그들이 영역을 키울수록 지구 곳곳은 폭탄 맞은 자국같이 폐허의 웅덩이로 변해간다. 앞으로는 지구를 아예 집어삼키는 블랙홀이 될지 모른다.

　인간의 지식으로 밝히기 어려운 우주의 신비, 여러 행성 중 하나인 지구에 인류가 둥지를 튼 지 아주 오래다. 우주와 만물의 질서를 다스리고 있다는 신은 지금 어디 있는가. 왜 악마들이 지구에서 밤낮으로 설쳐대고, 왜 그들에게 활동공간을 제공하고 있는가. 만물의 영장인 인간이 악마의 위협에 몸을 가누기 힘들 지경이다.

　인류에게 닥친 이런 굿판이란 고통은 언제까지 지속할는지, 언제 또다시 예고 없이 불쑥 찾아와 섬뜩하게 할지 알 수가 없다. 현대 컴퓨터 과학의 총아라 할 수 있는 인공지능[AI]의 힘을 빌려 연구를 거듭해도, 아직 악질 바이러스에 대해 이렇다 할 해결책을 내놓지 못하고 있다. 도깨비 탈을 쓴 악마의 가면을 벗기지 못하고 있다.

　이번 '코로나19' 굿판이 참혹한 상처를 남기고 지나간다 해도 다음 언젠가 그들이 다시 홀연히 나타날 때, 지구는 또다시 굿판의 멍석을 깔아야 한다. 이런 굿판이 휩쓸고 갈 때마다 인간은 속수무책일 수밖에 없다는 사실이 가슴을 아프게 한다. 그들의 횡포를 아예 발붙일 수 없게 하거나, 바로 퇴치할 수 있는 대책이 없으니 안타깝기 그지없는 현실이다. 그들에게서 값비싼 고초를 겪고도 교훈이나 반면교사로 삼지 못하고 있다.

　매번 바이러스가 가리키는 손끝만 바라보고, 손가락이 가리키는 곳의 달은 보지 못하고 있다고나 할까. 본질을 꿰뚫어 보아야 하나 겉으로 드러난 현상에만 집착하고 있는 셈이다. 도깨비 가면에 뿔이 있느니 없느니, 또는 바이러스가 빨간색이니 파란색이니, 이런 쭉정이 말들만 주고받을 뿐이다.

보이지 않는 바이러스에 의해 슬금슬금 곰팡이가 번지고 좀 먹어가고 있는 세상은 아예 생각하지도 못한다. 바이러스 굿판이 끝나기도 전에, 인간은 잠시 잊었던 오만을 되찾기에 바쁘고, 공포의 참상은 쉽게 잊어버리는 한편, 눈앞의 돈다발이나 셀 궁리나 하면서 빨리 폭풍우만 지나가기를 바라고 있지나 않을까.

악마의 굿판은 하늘이 보낸 사자일 수 있다. 인간에게 경고하려고 일부러 보냈는지 모른다. 신은 천사만 가까이 두지 않는다. 필요할 때는 악마를 인간 세상에 보낸다. 인간의 교만이 하늘을 찌르거나 황금 만능주의에 대한 벌罰일 수도 있다. 하늘의 섭리는 깊고 오묘하여 그 누구도 헤아리지 못한다. 과학과 자연 탐구 등으로 풀어보려는 인간의 능력이 미치지 못하는 한계일 수 있다. 악마의 바이러스는 결국 인간에 의해 정복될 날이 올까. 아니면 반대로 인류가 멸망하는 날이 올까. 이것도 저것도 아닌 같이 살고 죽는 수난의 길을 택하면서 싫든 좋든 함께 갈까.

'코로나19' 바이러스 굿판이 태양계나 행성의 유한성과 아울러 인류의 한계까지 보여주는 계시 같다.

바이러스의 유산

봄이 오면 만물이 약동하고 많은 식물이 꽃을 피운다. 나무에 새싹이 돋아나고 화사하게 피워 올린 꽃을 보면, 겨우내 움츠렸던 어깨가 펴지고 잠자고 있던 팔다리는 기지개를 켠다. 봄이 꽃의 유혹이 없다면 얼마나 감흥이 덜할까. 차갑고 메마른 겨울 감성만 지속될 것이다.

봄의 꽃 중 여왕은 뭐니 뭐니 해도 벚꽃이다. 매년 3월 중, 하순이 지나면서 연분홍이나 새하얀 솜사탕 같은, 또는 팝콘의 물결 같은 볼거리를 연출한다. 지난 어느 날 문득 벚나무를 보니 꽃이 핀 지가 엊그제 같았는데 벌써 떨어질 때가 됐나 보다. 무심한 바람 따라 하롱하롱 흩날리는 꽃잎에선 눈물이 방울방울 지고 있다. 왜 그들이 훌쩍거리며 꽃비가 되어 내려오고 있을까.

물론 코로나바이러스[COVID-19] 때문이다. 벌, 나비처럼 반갑게 찾아주던 사람들은 집에만 갇혀있어 만날 수가 없다. 벚꽃이 사랑하는 임의 그림자도 못 보고 홀로 떠나려니 어찌 발걸음이 떨어지겠는가. 가슴에 멍이 든 채 땅 위에서 눈을 감지 못하고 누워 있는 모습이 애처롭다.

고통으로 말하면 벚꽃보다 인간이 더욱 심했다. 2019년 12월 말쯤부터 나타나 지구를 휩쓸고 있는 코로나바이러스가 인류를 공포의 도가니로 몰아넣고 있다. 인간이 벼랑 끝으로 내몰려 무더기로 무너지려는 순간이다. 전쟁이 아닌 상황에서 많은 사람이 죽어가는 바이러스의 위력을 제대로 보아야 한다고 입을 모은다. 핵폭탄보다 더 무서운 존재로 또다시 나타날 것이라고도 한다. 자연의 경고다, 신의 저주다, 하늘의 계시다라는 말이 자주 입에 오르내린다.

코로나바이러스가 크게 유행된 이후 미국의 생활에도 많은 변화가 있었다. 손 닦기, 마스크 쓰기 등 이외에 사회적 거리 두기가 특징으로서, 누구나 엄격히 지켜야 하는 규칙이다. 대부분 사람이 집에 갇혀 바깥출입을 못 해 귀양살이라고 답답해한다. 평소 일상생활을 뒤바꾼 불편이 있었으나, 성과 또한 적지 않다. 사람이나 자연과의 관계를 다시 생각해 보는 계기가 되었다.

바쁘게 살던 걸음을 멈추고 자신과 주위를 되돌아봄으로써, 가정이나 가족의 소중함을 알게 되었고 자연의 위력을 실감하게 되었다. 과거에, 죽음은 남의 일이고 나의 목숨은 천만년 계속되는 줄 알았음이 부끄러웠다. 죽음 앞에는 빈부 차이와, 직업의 귀천과, 잘나고 못남도 별 의미가 없음을 깨달았다. 평소에 자유롭게 오가며 친구들과 나눈 담소가 커다란 행복임을 알았다.

바이러스의 힘은 종교나 이념 때문에 치고받는 국가와 민족 간의 싸움도 중지시켰다. 앞으로 자연을 보호하고 대자연의 소리에 귀 기울이는 자연 친화적인 시대가 앞당겨질 것이다. 인간의 삶이 얼굴을 맞대는 접촉 사회보다는, 온라인을 포함한 혼자만의 행동 반경 시대로 전환이 예상된다. 도심지를 떠나 교외나 한적한 곳에 둥지를 틀고 거리낌 없이 살기를 바라는 사람이 많아지리라.

2, 3개월 동안 이발소에 가지 못해 머리가 텁수룩하다. 속세 떠나 암자에서 수행하는 수도자 부럽지 않은 자연인으로서, 해탈을 기대해 본다면 지나친 욕심일까.

다리미질 단상

'여보, 우리 나이에는 홀로서기 연습을 해야 해'

아내가 나를 부려 먹을 때 자주 쓰는 말이다. 죽을 고비를 몇 번 넘긴 아내의 말이니 더욱 가슴에 다가왔다. 그 말이 진심이든 듣기 좋은 얘기든, 어깨 힘이 빠질 나이엔 아내 말을 들어주는 게 상책이었다. 그렇지 않아도 공직에서 퇴직하고 집에서 머무는 시간이 많다 보니 주부의 일이 너무 벅참을 느낄 수 있었다.

이런 부탁을 해오면 못 이기는 척하고 가끔 밥을 짓고 빨래도 하고 청소도 했다. 나아가 다림질까지 배웠다. 다리미의 조작법부터 옷 다리는 순서 등을 배우고 나니 다리미질이 어렵지 않았다. 다림질할 옷이 많을 때뿐만 아니라 내 옷은 대부분 내가 다려서 입게 되었다.

전에 옆에서 아내의 다림질을 바라볼 때는 대단한 마술같이 보였다가 이제는 별 기술이 아니라는 생각이 든다. 처음 다림질을 구경할 때 구겨진 옷이 반듯하게 펴지는 모습은 신기할 뿐만 아니라 조그만 전율까지 느낄 정도였다.

옷을 다리며 이 생각, 저 생각 끝에 픽 웃음이 나올 때가 있다. 거울 속에서 이마나 눈가 그리고 턱 밑의 주름살을 발견하면서 나이를 새삼 깨달을 때가 있다. 이 다리미로 쓱 문지르면 주름살이 쫙 펴진다면 얼마나 좋을까. 그렇다면 칠십 대에서 오십 대 얼굴로 되돌아가겠지. 젊은이로부터 나이가 많은 노인이라고 홀대당하는 일은 없을 거야. 아마 아내와 내가 다리미 쟁탈전이라도 벌일지 모르겠지.

주름살은 어찌 보면 산전수전 겪은 인생의 훈장이고 할 수 있다. 사, 오십 대의 팽팽한 얼굴로 돌아간다면 싫어할 사람이 없을 것이다. 그보다도 가슴이 구겨지거나 쓰라린 상처도 다림질 하나로 깨끗하게 펴진다면 더 바람이 없겠지. 이거야말로 삶을 살찌우는 명약이요, 아픈 곳을 쓸어주는 약손이 될 것이다. 거기에 반려견 이상으로 신분 상승을 하겠지.

무엇보다 다림질은 스트레스 해소로도 제격이다. 갑갑한 마음이 시원해진다. 다리미판 위에 답답함과 미움의 대상을 올려놓고 뜨거운 다리미로 쓱쓱 문지르면, 봄을 맞아 산의 눈이 녹아내리듯 스트레스가 풀린다. 미워하는 마음도 이와 함께 사라졌으면 좋겠다. 싸운 남편의 와이셔츠를 다리며 위안을 느끼는 아내도 있을 것이다.

그동안 부부 중심으로 조용히 지내다가, 근래에 미국으로 함께 가게 되어 손자들과 한집에 살게 되었다. 그때는 그야말로 소용돌이치는 삶의 연속이었다. 당시 열 살과 열세 살짜리 극성스러운 두 손자 틈바구니에서 평소 할아버지의 존재란 찾아보기가 쉽지 않았다. 기본적인 집안일 도움 이외에 손자들 학업 관리, 건강관리, 취미 관리까지 뒷바라지함은 중노동이다. 손자들은 엄마가 없는 이곳에서 할아버지, 할머니의 손발이 닳는 보살핌은 당연하다고 생각하는가 보다.

때때로 그들 마음에 들지 않는 일이라도 생기면 짜증 부리고 따지기도 했다. 손자들이 사춘기에 접어드니만큼 감정도 예민해진 것 같았다. 잘못했을 때 야단치기보다는 달래고 설득해야 하나, 때론 마음의 평정심을 잃고 혼을 내며 훈계해야 할 경우도 있었다. 그럴 때는 나의 화신인 아바타가 대행하고 있지 않나 하는 생각이 들었다. 물론 가슴 속에는 스트레스가 남몰래 쌓이기 마련이었다. 손자들한테 오락 좀 그만하라고 싫은 소리를 해야 했다. 그들이 하고 싶어 하는 게임을 통제하기가 서로 간에 즐거운 일은 아니었다. 그렇다고 마냥 방목하며 기를 수는 없었다. 가끔 아들 집에 가서 손자 보는 일 하고, 온종일 손자와 같이 사는 일 하고는 너무 차이가 났다.

'그래, 너희도 긴장을 풀 곳이 있어야지. 너희가 아직 미국에 온 지 오래되지 않았잖느냐, 낯설고, 친구 설고, 언어 또한 설겠지. 우리와는 세대 차이도 있으니 오죽하겠니. 손자들아, 우리가 너희에게 눈높이를 맞추려 애쓰지만 부족할 거다. 우리에게 불만을 쏟아내라. 우리는 다리미질로 갈증과 스트레스를 풀어버릴 테니까'.

지난 일을 들추어내며 추억에 잠겨본다. 그러면서 속이 답답할 때는 다리미질해야지. 다리미판 위에 손주들 옷을 가져와서 다리미로 쓱쓱 문지르니 구겨지고 주름진 곳이 반듯하게 펴진다. 두 번, 세 번 반복하며 문지른다. 마음도 활짝 펴지는 기분이다.
너희들은 내 마음 모를 거라며 중얼거리면서….

연륜을 직조한 언어의 무늬

박양근(문학평론가·부경대 영문과 명예교수)

글을 쓰는 목적은 사람마다 다르다. 어떤 이에게 글쓰기는 직업이거나 표현의 수단이지만, 어떤 이에게는 삶을 통과하는 방식이자 존재를 증명하는 행위다. 인간의 삶이 빛과 어둠, 전면과 이면이 교차하며 이루어지듯, 글 또한 밝음만으로 완성되지 않는다. 빛이 있을 때 그림자가 생기고, 그 그림자가 켜켜이 쌓이며 저마다의 문장을 만든다. 인생의 궤적이 단선이 아니라 굴곡의 축적이듯, 문학 역시 그림자가 남긴 흔적 위에서 고유한 형상을 갖는다.

젊은 시절의 작품이 이상과 욕망이라는 강렬한 명암을 드러낸다면, 완숙기의 글은 삶의 그늘을 끌어안는 사유로 깊어진다. 노년에 이르러서는 회억과 달관이 서로를 비추며, 지나온 시간의 그림자들을 하나의 무늬로 정리한다. 글이 사람을 닮아간다는 말은, 문장이 곧 생의 리듬과 균열을 반영한다는 뜻이다. 수필은 그중에서도 삶의 그림자를 가장 직접적으로 드러내는 장르라 하겠다.

이현원의 첫 수필집 《그림자에 새긴 무늬》는 이러한 생의 흔적들이 언어로 새겨진 결과물이다. 이 책은 삶의 밝은 국면만을 기록하지 않는다. 오히려 말없이 곁에 머물렀던 시간의 이면과 인생의 그림자들을 축적하여 삶의 무늬를 차분히 드러낸다.

이러한 서사의 배경에는 작가의 꾸준한 문학적 행보가 놓여 있

다. 이현원은 2013년 시인으로 등단한 이후, 2015년 월간『한국
수필』을 통해 수필가로 다시 문단에 자리하면서 장르의 경계를 넘
나드는 글쓰기를 지속해왔다. 현재는 계간『현대수필』회원이자
한국수필가협회 회원으로 활동하며, 학여울문학회 회장으로서 문
학적 연대를 이끌고 있다. 시집《주소 없는 집》을 비롯해 세 권의
시집을 펴냈고, 『문학생활』문학상 대상을 수상하는 등, 그의 문
학은 삶 자체를 문학으로 전환해온 과정이다.

　따라서《그림자에 새긴 무늬》의 수필들은 특정한 소재나 주제
에 국한되지 않는다. 도시와 가족, 자연과 사물, 학문과 사회적 문
제에 이르기까지 그의 사유는 자유롭게 확장된다. 물상의 그림자
와 나무의 나이테를 더듬다가 무녀도와《열하일기》의 세계로 건너
가고, 북정마을의 골목길에서 워싱턴의 텃밭을 걷는 작가의 삶도
문장 속에서 서사로 포개진다. 그러므로 이 수필집은 인생 연보이
면서 삶 자체를 성찰의 언어로 엮어낸 초상화에 가깝다. 그것이
이 책으로 하여금 작가와 독자가 삶의 희비를 함께 음미하는 생의
도반으로서 만나게 한다.

1. 노년으로의 동행

　좋은 수필의 첫 번째 요건은 진솔한 자세이다. 진솔함은 '무엇
을 썼는가'가 아니라 '어떻게 삶을 통과했는가'에서 비롯한다. 문
학이 추구하는 목적은 즉각적인 감각의 반응이 아니라, 시간 속에
서 숙성된 인상미를 얻는 데 있다. 세월이라는 나이테가 늘어갈수
록, 사람은 추상보다는 현실을, 관념보다는 본질을 향해 나아간다.
그렇게 각인된 인생의 그림자는 어둠을 깊이로 만들고, 생의 무늬
를 존재의 증표로 바꾼다. 글도 노년이라는 시간 속으로 한 걸음

씩 들어가는 여정과 비슷해진다.

그 점에서 이현원의 인생 노년은 성숙과 원숙의 완성미를 지향한다. 청춘이 활력과 가능성의 시절이라면, 노년은 경험과 책임이 축적되는 시기다. 노년도 단순한 신체적 변화가 아니라, 삶과 내적 완성으로 읽어야 한다. 작가라면 무엇보다 공통의 맥을 가진 명상으로 시간을 통과한 노년의 존재를 입증해야 한다. 그가 이현원 작가다.

그것이 잘 드러난 대표작에 흰머리를 백설白雪로 상징한 〈녹지 않는 눈〉을 들 수 있다. 쇠락의 징표가 아니라 자연의 질서의 흔적으로 묘사한 흰머리가 "사철을 가리지 않고 눈을 내리게 한다"는 표현은, 노년의 신체를 "중년의 가파른 고개를 넘은 사람만이 받는 훈장"으로 승화시킨다. 작가는 신체적 변화를 있는 그대로 받아들임으로써 노년을 존엄의 시간으로 재해석한다.

이 글은 시종 절제된 문장이 이끈다. 줄거리에는 때때로 외로움과 아쉬움이 비치지만, 그것을 연륜의 심층으로 스며들게 한다. 이현원 작가가 바람직하게 생각하는 노년은 자기연민이 아니라, 삶의 중심을 향한 관조라는 점에서 벗어나지 않는다. 그는 이를 통해 그의 노년 기록이 인생 서사임을 밝히는 것이다.

〈고목과 나이테〉는 노년에 대한 이현원의 사유를 더욱 심화시킨 작품이다. 고목은 현생의 기록물로서 갈라진 나이테와 옹이, 반점 등을 통해 견뎌온 상흔을 자랑하듯 드러낸다. 이러한 흔적들은 좌절 속에서 살아낸 끈기의 증거로서, 노소를 가리지 않고 인간의 삶을 서사를 만드는 훌륭한 단서로 자리한다. 이를 압축하여 보여주는 구절이 있다.

　　싱싱했던 나무가 몇십 년을 거듭하니 고목이라는 이름표를 달게 되었
다. 몸도 옛날 같지 않아 줄기와 이파리에도 거추장스러움을 느꼈다. 갈
수록 몸집은 줄어들고 꽃도 많이 피지 않았다. 최근에는 덩그러니 줄기만
휑하니 남았다. 마치 자식들 다 출가시키고 우두커니 빈집 지키는 노인처
럼 보였다.

-〈고목과 나이테〉에서

　　작가는 자신의 노년을 변호하기보다는, '고목이라는 이름표'를
달아 늙음이 선택이 아니라 시간이 부여한 엄숙한 호명임을 밝힌
다. 줄기와 이파리만 덩그러니 남은 나무는 수행한 생의 형상이
며, '빈집 지키는 노인'은 고독이 아니라, 책임을 완수한 후 도달
할 수 있는 자리임을 말하고 있다. 자연 속에서 자라는 고목은 사
회에서 살아가는 인간과 동일한 생의 원리를 공유한다. 그러기에
나이테는 한 존재가 감당해온 시간과 고난, 기쁨과 상실의 총합이
다. 작가는 인간과 자연을 병치함으로써, 노년을 개인적 불운이
아닌 보편적 생의 귀결로 위치시키는 작가적 임무를 완수하였다.

　　이현원은 시종 노년이 자연의 질서이면서 시간의 폭력이지만,
'시간과 경험을 능동적으로 쌓아가는 존재'로서 살도록 권한다. 이
들이 전하는 메시지는 노년이 완성의 시간임을 무대 위의 서로 다
른 노인 얼굴로 증언한다는 것이다. 노년기는 생의 진로에서 예정
된 순서이므로, 나이를 불문하고 서로 보듬고 의지하며 살아야 하
는 "값진 동행"임을 강조하는 모티프라 하겠다. 그럼으로써 인생
의 동행자로서 시간과 책임을 나누는 것이 가장 정직한 자화상이
라는 데 귀결된다.

　　우리는 인생이 길어질수록 동행의 가치를 깨닫는다. 사람에게

가장 소중한 반려자는 아내다. '행복은 별것 아니다'라는 말 속에는 '함께 늙어가는 부부'가 되자는 말이 담겨 있다. 이현원의 수필집 《그림자에 새긴 무늬》에서 부부애를 다룬 작품이 네 편이나 있다는 사실 자체가 반려자가 무엇인가를 해석해준다.

〈먼 길 돌아온 동행〉에서 서술자는 앞만 바라보며 살아오다가 느지막에 반려자의 소중함을 깨닫는다. 팍팍했던 세월 동안 혼자라고 생각했으나, 막상 아내가 그동안 얼마나 외로웠을지를 돌아보는 순간, 더더욱 진정한 동행이 누구인지 절감한다. "1과 1이 나란히 있어 11이 된다"는 것처럼, 부부는 완전히 보듬을 때 하나가 된다.

이 깨달음은 작은 실천을 통해 구체적으로 드러난다. 〈아내의 발을 씻겨주다〉에서 화자는 아내의 발을 씻는 행위를 겸손과 공경, 배려의 마음을 일깨우는 체험으로 인지한다. 젊은 시절에 알지 못했던 아내의 노고와 헌신도 이제는 깊은 감동으로 다가온다. 작가는 "조그만 관심이 부부가 늙어 이별할 때까지 사랑하며 살 수 있는 원동력"임을 강조하기 위해, 종교적 상징인 발 씻기를 현실적 행위로 구현함으로써 사랑과 신뢰라는 아포리즘도 제시한다.

부부여행도 관계를 조명하는 역할을 하는 장면이다. 〈부부 여행의 긴 그림자〉에서 발생한 사소한 갈등과 오해에도 불구하고, 그들 노부부의 신뢰는 견고하게 유지된다. 여행을 통해 상대를 배려하는 신뢰와 믿음을 강화한다는 것을 보여주기 때문에 설득력이 매우 높다. 〈다리미질 단상〉에서 화자가 일상의 작은 행위를 통해 부부 관계를 다지는 모습 역시, 실천적 사랑이 노후에 진정한 안정과 행복을 가져온다는 메시지를 전한다.

가정 수필에서 공통적으로 드러나는 핵심은, 사랑은 말이 아니라 행동으로 증명된다는 사실이다. 혼자 바라보며 살아온 삶에서 부부가 서로를 아끼는 정신적 변화가 감동과 설득력을 전한다. 손을 잡고 인생 여정을 함께 걷는 경험이라면 누구에게나 감동으로 전해질 것이다.

결국, 이 글들은 '노년으로의 동행'이라는 결론에 수렴된다. 화자가 나이 들어 배우자와 손을 잡고 삶의 의미를 깨닫는 장면은 노부부의 신뢰와 믿음이 얼마나 값진지 보여준다. 작은 배려와 상호 존중 속에서 쌓인 신뢰는 단순한 감정이 아니라, 삶을 지탱하는 원동력이자, 행복과 평온의 근원이다. 오래된 동행이 만들어낸 이현원의 글 속에서, 진정한 사랑과 믿음의 힘을 공감하는 것은 진솔함 그 자체이기 때문이다.

2. 에세이스트의 연륜과 시선

노년의 연륜은 단순히 시간이 쌓였다는 표시가 아니다. 그것은 삶을 통과하면서 얻은 통찰과 사유로서, 에세이스트에게는 사유로 전환하는 시야로 구현된다. 숱한 시행착오와 좌절을 거치며 인생관을 가다듬고, 타인을 바라보는 인간관의 결과가 연륜이다. 이현원은 직장 생활과 미국에서의 장기 체류, 자녀와 손자 교육, 그리고 문인으로서의 폭넓은 활동을 통해 남다른 사회적 직관을 연마해 왔다. 그렇게 형성된 감정은 삶 전체를 조망하는 능력으로 이어져 성찰과 직관을 글쓰기로 옮길 수 있었다.

인간은 누구나 앞면과 뒷면, 겉과 속이라는 이중성을 지닌다. 얼굴이나 외모만으로 사람을 판단하면, 이면에 감추어진 아픔을 놓치기 쉽다. 이현원은 이것을 '그림자'라고 부른다. 그림자가 물체가 있는 곳이라면 어디든 따라다니듯, 아무리 온전해 보이는 사람이라도 고난과 상처를 지니고 있다. 그의 대표작 〈그림자 인생〉은 바로 그 지점을 성찰하며, "그늘 속에 감추어진 진실을 보는 눈"을 갖기를 강조한다. 겉으로 웃음을 주던 찰리 채플린의 사례를 통해, 그는 고통과 상처를 감내하는 인간의 양면성을 보여 준다. "익살스러운 표정 뒤에 숨겨진 휴머니즘의 참모습"은 모든 자화상의 밑그림으로서, 그의 사유를 한 편의 격조 높은 수필로 이끈다.

사람을 볼 때는 외양이 아니라 그림자를 보아야 한다. 감추어진 고뇌와 굴곡, 겉모습 너머의 참모습을 읽어야 한다. 교언영색이나 배우의 연기가 아닌, 인간성을 바라보는 태도야말로 에세이스트가 지향하는 삶의 핵심이다. 그림자는 노년의 시선으로만 포착할 수 있는 지형적 표지라는 그의 메시지가 두뇌가 아니라 가슴에 있음은 놀랍지만 당연하다.

그림자에 대한 성찰은 〈다름과 틀림에 대하여〉에서 구체화된다. 인간에 내재한 양면성을 탐구하는 이 작품은 서로 다른 의견이나 가치관을 '틀림'으로 오해하지 말 것을 설파한다. 판문점 기자의 경험과 미국의 토론 교육 사례는, 상대의 다름을 이해하고 존중하려는 노력이 인간관계를 성숙하게 만든다는 점을 보여 준다. 다름은 틀림이 아니라 '같지 않음'을 존중하는 노력임을 강조한다.

코로나바이러스 시대를 통과한 작가로서 이현원은 〈나설 때와 물러설 때〉에서 정의와 양심, 사회적 행동 사이의 딜레마를 탐구한다. 지하철에서 벌어진 사건을 통해 그는 언제 나서고 언제 물러서야 하는지를 독자에게 질문한다. 노년의 지혜란 충동이 아니라, 결과를 예측하고 상황 전체를 통찰한 뒤 이루어지는 판단이다. 즉, 노년은 단순한 관조가 아니라, 책임과 윤리를 함께 고려하는 단계임을 보여 준다.

이현원이 표방하는 인간론은, 겉으로 드러난 앞면과 경험 속 뒷면을 모두 인정하는 태도에 기반한다. 연륜은 이것을 분별하고 수용하는 능력으로, 독자는 그 교훈을 확인한다. 무엇보다 중요한 것은 우리 모두가 그림자와 차이를 지닌 존재임을 나이를 먹을수록 받아들여야 한다는 점이다. 인간이 언제나 중심에 설 수 없음을 인정하는 인식이야말로 인간 존중을 깊게 만드는 지혜라고, 작가는 거듭 강조한다.

일상의 경험을 기록한 그의 작품들은 에세이의 지성미에 접근한다. 그의 경험은 사유를 촉발하는 계기가 되며, 개인적 체험은 인간 조건에 대한 일반화로 발전한다. 나아가 자기 삶의 장면을 끌어오되 거기에 머물지 않고, 해석하고 재배치하여 하나의 사유 구조를 구축한다.

〈행복 총량의 법칙〉에서 작가는 유머러스한 '지랄 총량의 법칙'을 철학적으로 확장한다. 중요한 것은 법칙의 진위 여부가 아니라, 인간이 행복과 불행을 어떻게 인식하고 받아들이는가에 있다. 삶의 불균형과 불공정을 사유 대상으로 전환하며, 행복은 소유물이 아니라 잠시 보관된 상태임을 강조한다. 더불어 '복주머니'라는 비유는 개인적 성취가 아니라, 공동 운명체 속에서 순환하는 가치임을 보여 준다.

〈지키지 못한 약속〉에서 이현원은 자기 해부적 글쓰기를 통해 '내 속의 또 다른 나'라는 분열된 주체를 사유 대상으로 삼는다. 이상과 현실 사이 갈등을 개인 실패담이 아닌 현대인의 구조적 딜레마로 제시하며, 이를 "미장아빔"의 개념으로 포착한다. 삶을 텍스트로 읽어내는 그의 기법은, 에세이스트인 몽테뉴의 기법과 궤를 같이한다. 작가는 에세이의 힘이 자기 삶을 해석의 대상으로 전환하는 데 있음을 자신의 수필에 적용해나간 것이다.

〈아모르 파티〉에서는 철학적 개념을 생활 이미지로 구체화한다. 바다가 겪는 고통을 운명으로 받아들이는 과정은 체념이 아닌 인식 전환으로, 인간의 자유를 상징한다. 〈반납의 매력〉은 제도적 경험을 소유와 욕망이라는 철학적 질문으로 환원한다. 현실적으로 나이나 늙음을 되돌릴 수 없더라도, 작가는 이렇게 말한다.

> 쓸데없이 시간을 거슬러 올라가려는 욕망보다, 지금 이 자리에서 주어진 시간을 온전히 살아내는 일이 더 아름답다.
>
> ―〈반납의 매력〉에서

이현원은 젊음으로 돌아가고자 하지 않는다. 그는 인생의 황금기를 절제와 삶의 자유의 시기로 이해한다. 그렇게 회한이 아닌 현재를 긍정하며, 경험을 사유로 전환하는 작품으로 인해 그의 에세이스트적 지성은 더욱 빛난다.

3. 봄과 꽃, 삶의 정관

자연과 생태에 깊은 관심을 기울이는 이현원 작가는, 봄과 꽃을 단순한 계절적 현상이 아니라 부활과 재생을 상징으로 바라본다. 《기다림의 무늬》에 등장하는 자연 풍경은 단순한 서정적 장치에 그치지 않는다. 모든 이에게 평등하게 찾아오기를 바라는 봄을 소망하는 작가의 마음이, 인간이 겪는 어려움과 불평등을 축복하는 축복으로 구현된다. 이것이 이현원의 자연애다.

흔히 실의와 좌절의 시기에는 절망의 심정을 '오지 않는 봄〔春來不似春〕'으로 표현한다. 이현원은 이를 첫눈에 대입하여 자연의 순환과 인간의 감각을 섬세하게 포착한다. 눈은 세상을 순백으로 덮어 그리움과 정서를 준다고 말하는 작가는, 자연의 봄이 아직 오지 않았지만 손끝에 와닿는 온기로 봄의 도래를 감각하도록 독자를 이끈다. 김광균 시인의 '설야'와 조선 선비들의 시구를 빌려 관능의 섬세함을 강조한 작품조차, 봄을 인간 삶의 미묘한 울림으로 해석한다.

글의 결미에서도 감정에 머무르지 않는다. "밝고 어둠의 구분이 없고, 높고 낮음의 차별도 없는 세상이 펼쳐진다"는 자연의 순수함을 전하며, 모든 인간에게 소생蘇生의 계절이 다가오기를 기원한다. "첫눈이 내릴 땐 그리운 사람이 생각난다"는 서두는 단순히 계절이 아니라, 인생에서 맞이하기 힘든 '마음의 봄'을 나타낸다. 개인적 감정과 서정이 보편적 희망으로 확장되는 주제성을 보여주는 수작이다.

작가는 나아가 꽃과 상춘객의 실제 모습을 통해 봄을 감각적으로 묘사한다. 〈봄답 지 않은 봄〉에서는 개나리, 진달래, 벚꽃의 아름다움과 향기가 사람의 마음을 움직인다는 직관을 보여준다. 여기서 주목할 점은 '봄 같지 않은 봄'의 존재다. 한나라 왕소군의 운명을 빌려, 봄이 와도 진정한 행복을 느끼지 못하는 불운의 상황을 조명한다. 하지만 작품의 진의는, 정략과 뇌물, 계층 갈등 속에서 봄을 온전히 누리지 못하는 현실을 제시하면서도, 이러한 어려움 속에서도 봄이 오기를 기다리는 '공동체적 시선'은 시들지 않는다는 점을 강조한다. 이는 봄의 아름다움이 모두에게 주어져야 한다는 윤리적 성찰을 담고 있다.

이처럼 봄을 다루는 작품에는 자연의 순환과 대비되는 인간사의 불균형을 고쳐야 한다는 염원이 깔려 있다. 계절적 봄과 인간적 봄을 함께 아우르며 희망의 메시지를 제시하는 것이 그의 시선이다. 〈봄이 오는 길목에서〉에서는 팬데믹이라는 현실적 제약 속에서도 봄은 온다는 자연법칙을 보여 준다. 작가는 코로나바이러스를 일상이 묶인 유배에 비유하며, 봄이 지닌 삶의 회복과 희망의 이미지를 강조한다.

> 팬데믹 세상에서도 봄은 온다. 코로나바이러스가 인간을 가둘 수 있
> 어도, 봄은 가두지 못한다. 봄을 기다리는 꿈마저 가두지 못한다. 우리
> 의 삶이 팍팍하고 힘들어도, 희망의 끈까지는 버리지 말자. 모진 추위를
> 견디는 개나리나 보리, 마늘, 양파 같은 춘화 현상春化現象 식물이 예쁜
> 꽃을 피우고 열매를 많이 맺는다.

— 〈봄이 오는 길목에서〉

이현원은 추사 김정희의 삶을 소개하면서, 어려움 속에서도 지
속해야 할 창작의 소중함을 상기시킨다. 춘화현상은 식물에게만
있는 것이 아니다. 꽃을 피우고 열매를 맺듯, 우리의 삶도 힘들지
라도 희망의 끈을 놓지 말아야 한다고 그는 말한다. 이렇게 저자
는 자연의 봄과 인간사의 봄을 겹쳐, 다가올 회복과 생명의 글을
쓰고 있다.

꽃을 바라보는 행위는 이현원에게 자연의 흐름을 읽는 깊은 체
험이다. 그는 해바라기, 붓꽃, 벚꽃, 백일홍, 배추까지 모든 꽃을
존재로 등장시켜 독자에게 '있는 그대로'를 느끼라고 말한다. 그
심미안은 동양의 〈귀거래사〉와 무위자연의 첫걸음에 맞닿아 있다.
여름 태양 아래 당당히 목을 쳐들었던 꽃들이, 가을볕을 맞으며
서서히 고개를 숙인다. 대표적인 식물이 해바라기다. 〈가을 해바
라기〉는 계절 변화에 따라 직립에서 굴신으로 자세를 달리하는 모
든 변화를 대표한다. 샛노란 꽃잎이 오므라들고 검은 씨앗을 떠나
보낸 해바라기는 쇠락한 것이 아니다. 자연의 질서를 따르겠다는
순응의 몸짓으로, 지나간 시간과의 조화를 보여 준다. 작가는 해

153

바라기의 숙연한 모습에서, 집착보다는 성숙과 평온을 깨닫고, 허영과 욕망이 얼마나 가벼운가를 느낀다.

〈붓꽃 예찬〉에서는 봉오리를 '붓을 쥔 작가'에 비유하며 문장을 시작한다. 색채를 머금은 보라빛 봉오리는 예술가의 고독과 인내, 창조적 에너지를 상징한다. 나아가 꽃의 청순한 자태와 붓꽃의 속삭임에는 삶을 절제하며 살아가라는 내적 호흡이 독자에게 전해진다. 〈꽃비〉에서는 벚꽃의 덧없는 순간을 통해 인간과 자연 사이의 윤리적 관계를 드러낸다. 바람에 나부끼며 하늘과 땅 사이에 가벼운 다리를 놓는 현상을 꽃비라 이름 붙여, 아름다움과 무상함, 삶과 죽음이 새삼스럽지 않음을 깨닫게 한다. 꽃이란 떨어짐이라는 순리임을 은근히 일깨우며, 작가는 자연과 조화롭게 살아가는 법을 자각하도록 한다.

반면 〈백일홍 연가〉에서는 붉은 백일홍을 절개의 상징으로 그린다. 독자는 한낮의 백일홍을 바라보며 인내와 열정의 의미를 정직하게 읽어낸다. 곧게 뻗은 줄기와 붉은 꽃잎으로 단단한 삶을 그려내는 이현원은, 내적 힘이 화려함보다 자기 단련과 타자를 위한 꽃의 윤리에 감탄한다.

다섯 편의 꽃 이야기는 자연 속에서 작가가 자신의 삶을 다양하게 성찰한 결과다. 꽃을 바라보는 심미적 경험뿐 아니라, 삶에 대한 성숙, 윤리적 덕성, 자연과 인간의 조화를 깨닫는 메시지가 작품 전반에 흐르며, 꽃의 개화와 낙화, 열매 맺음으로 인간이 배워야 할 삶의 깨달음을 배치한다. 작가는 관찰자로서 꽃이 주는 삶의 통찰과 무위를 오래도록 몸으로 익혔다. 이는 꽃을 감상하는 행위를 심미적 경험으로 승화시켜 균형과 조화를 얻었다는 의미다. 이현원의 이러한 자연관은, 꽃과 계절을 삶의 정관으로 이끈 과정에서 형성되었다고 하겠다.

덧붙여

이현원의 수필은 단순한 기록을 넘어, 삶의 빛과 그림자를 한 올씩 엮어낸 언어의 예술이다. 그의 문장은 현실과 기억, 자연과 인간사의 경계를 자유롭게 넘나들며, 독자로 하여금 삶의 깊이와 흔적을 생생히 느끼게 한다. 밝음과 어둠, 기쁨과 고통이 서로 겹쳐진 그의 글 속에서, 우리는 인간 존재의 복합성과 그 미묘한 아름다움을 발견한다. 그의 언어는 경험과 사유를 직조하는 도구가 되어, 그 직조 위에서 삶은 비로소 자신의 무늬를 드러낸다.

노년과 동행, 사랑과 배려, 책임과 성찰은 그의 문학을 관통하는 근원적 주제다. 흰머리의 백설과 고목의 나이테, 꽃의 피고 지는 모습 속에서, 그는 시간을 부정하지 않고 그것을 품어 삶의 완성미를 보여 준다. 이러한 사유는 관조에 머무르지 않고, 글쓰기를 통해 현실과 내면, 자연과 인간을 잇는 미학적 실천으로 승화된다. 독자는 글을 읽으며 삶의 무게와 아름다움, 그리고 시간 속 성숙의 깊이를 함께 체험한다.

결국 《그림자에 새긴 무늬》는 인간과 자연, 개인과 공동체, 과거와 현재가 만나 펼친 서사 세계다. 그의 문학은 삶을 감각하고 사유하는 행위 자체에서 윤리와 미학을 동시에 드러내며, 독자에게 공감과 성찰의 시간을 선사한다. 언어로 새긴 그림자가 전하는 인생의 깊이와 섬세한 아름다움 속에서, 우리는 작가가 안내하는 삶의 진정한 가치와 힘 있는 문학적 울림을 마주한다.

그림자에 새긴 무늬

초판 발행 2026년 1월 25일
지은이 이현원
펴낸이 김복환
펴낸곳 도서출판 지식나무
등록번호 제301-2014-078호
주소 서울시 중구 수표로12길 24
전화 02-2264-2305(010-6732-6006)
팩스 02-2267-2833
이메일 booksesang@hanmail.net

ISBN 979-11-24166-07-9
값 15,000원